GUILTY GEAR BEGIN

원안·감수·일러스트 : 이시와타리
다이스케
(아크시스템웍스)

글 : 네기시 카즈야

일러스트 : 이시와타리 다이스케 (아크시스템웍스)

contents

번역 김정규 **디자인** 백진화 **편집** 김일철 **마케팅** 정다움 **주간** 박관형

프롤로그

프레드릭 불사라는 누워 있었다.

버석버석한 검은 머리를 그대로 땅에 대고, 입고 있는 흰 가운이 더러워지거나 말거나 잔디 위에 호쾌하게 드러누운 채로 푸른 하늘과 흘러가는 구름을 바라보고 있다.

서기 2016년 현재 세계에서 손꼽히는 대국 미국에서 이렇게 깨끗한 하늘을 볼 수 있는 것은, 교외 산간부에 있는 이 차세대 의료연구소이기에 가능한 일이겠지.

프레드릭은 최근에 매일같이 지하 연구소에 틀어박혀 있었다. 연구원 중에는 지하에 들어간 채로 나오지도 않고 편집적으로 연구를 계속하는 사람도 하지만, 프레드릭처럼 건전한 과학자한테는 가끔씩 이런 휴식도 필요했다.

"아, 역시 오늘도 여기 있었네. 연구실에 없으면 거의 여기 있다니까."

갑자기 들려온 목소리에, 프레드릭은 누운 채로 고개를 들어서 목소리의 주인을 봤다.

아리아 헤일. 흰 가운을 입고 있음에도 병적이랄 정도로 마른 체형이란 것이 드러나 보이는 이 여성은 이 연구소에서 일하는 동료. 하지만 단순한 동료가 아니라, 프레드릭에게 있어 둘도 없이 소중한 연인이었다.

그런 아리아가 짧은 빨강머리를 귀 뒤로 넘기고 프레드릭의 얼굴을 보며 말했다.

"또 뭔가 잘 안 풀려?"

"책상 앞에서 계속 끙끙대는 것보다 바깥 공기를 마시는 쪽이 더 유익하잖아? 우리는 두더지가 아니라 인간이고, 인간이라는 생물에게는 햇빛이 필요하니까."

"솔직하게 기분전환 하러 나왔다고 하면 될 텐데."

일부러 씁쓸하게 웃으며, 아리아가 프레드릭 옆에 와서 앉았다.

또 조금 더 여윈 것 같다.

"그래서, 뭔가 좋은 아이디어는 떠올랐어?"

"그랬으면 이미 연구실로 갔지."

프레드릭도 상반신을 일으켜서 잔디 위에 아리아와 나란히 앉았다.

아리아는…… 피곤한 탓일까. 안 그래도 환자처럼 보이던 얼굴이 더 안 좋아 보여서, 프레드릭은 자기도 모르게 물었다.

"그쪽은…… 괜찮아?"

"응. 아스카는 이것저것 계속 실험하느라 정신없는 것 같지만."

"그런 얘기가 아니라. 난 네—"

몸 걱정을 하는 거라고. 프레드릭은 그렇게 말하려고 했지만, 그만뒀다.

TP 감염증. 한마디로 말해서 불치병에 걸린 아리아에게 남

은 시간은 많지 않다. 하지만 언젠가 치료 방법이 확립될 때까지 냉동 수면에 들어가라는 제안은 아리아 본인이 거절했다.

이 차세대 의료연구소에서 진행하고 있는 주요 계획 중 하나인 『생태계 강화 계획』, 일명 『GEAR 프로젝트』의 근간이 되는 '기어 세포'의 연구가 인체에 실용화된다면, 어쩌면 아리아의 미래도…… 프레드릭은 아직도 그런 생각을 품고 있다.

하지만 그것은 이미 결론이 난 이야기였다.

죽지 않는다고 살아 있는 것은 아니다. 그렇게 말한 아리아의 의지, 남은 시간을 소중히 살아가기로 결심한 그녀의 의지를 존중하기에 함부로 말을 꺼낼 수가 없었다.

"그렇게 걱정할 필요 없거든? 나도 알고 있으니까. 지금은 괜찮아."

그런 생각을 알아차렸는지 아리아가 쓸쓸한 미소를 지었다.

"그래. 그럼 됐고……."

"아, 그런데 딱 하나 안 괜찮은 게 있어."

가벼운 목소리로 무거워지려던 분위기를 날려버리고, 아리아는 프레드릭의 허벅지에 머리를 얹었다.

그것은 소위 말하는 무릎베개.

아리아가 프레드릭의 얼굴을 올려다보고 뺨으로 손을 뻗으며 말했다.

"연인이랑 보내는 시간."

그 아름다운 미소에 프레드릭은 천천히 눈을 감았고, 이내 어깨를 움츠렸다.

"그래……. 장난 칠 여유가 있다면 정말로 괜찮겠네."

"아~ 또 그렇게 나온다. 연인이랑 있으면서 힐링이라도 하고 싶었는데, 안 되는 거야?"

"아니? 난 안 된다고 한 적 없는데."

프레드릭은 아리아의 머리를 두세 번 쓰다듬으면서도 연인들 사이의 분위기에는 잠기지 않고 시선을 자기 앞쪽으로 옮겼다.

"네 상사…… 걸어다니는 현대 아메리칸 드림이 이쪽으로 오고 있어서 그럴 수가 없거든."

프레드릭 일행 쪽으로 다가오는 하얀 가운차림의 연구원은, 눈이 가려질 정도의 하얀 머리카락을 지닌 낯익은 얼굴이다.

아스카 R. 크로이츠. 지금은 다른 연구팀에 소속돼 있지만, 오랫동안 함께 기어 세포를 연구해왔으며, 그 실적으로 이 합중국에서도 특별히 인정받은 인재. 동시에 프레드릭에게 있어서는 연인 아리아만큼이나 소중한 친구였다.

"아리아. 설마 그럴 리는 없겠지만, 일 농땡이피우고 온 거야?"

"무슨 소리야. 제대로 시간 내서 왔거든~?"

입을 삐죽 내밀고, 아리아가 불만이라는 투로 말했다.

하지만 지금도 아스카의 보좌역으로 같은 연구 팀에서 일하고 있는 아리아는 프레드릭이 모르는 뭔가가 마음에 걸렸는지, 한숨을 쉬면서 몸을 일으켰다.

"아, 미안해. 내가 방해했나?"

그 모습을 보고, 가까이 다가온 아스카가 미안하다는 듯이 말했다.

그 또한 아리아와 마찬가지로 약간 피곤해 보이는 안색이었다.

"그렇게 생각하면 좀 기다려줬어도 되잖아."

"너무 뭐라고 하지 마. 이렇게 셋이 모이는 것도 은근히 오랜만이니까."

예전에 세 사람의 스승이었던 빈스 맥도널 교수의 감수지도 하에 같은 팀에서 기어 세포 연구를 시작했던 때와 비교해보면, 이 세 사람이 한 자리에 모일 기회는 크게 줄어들었다.

아리아와 아스카는 매일 보고 있겠지만, 혼자 다른 팀으로 옮기게 된 프레드릭의 입장에서는 열흘 만에 이렇게 한 자리에 모인 것이 왠지 그립다는 생각까지 들었다.

"아스카, 너도 농땡이야?"

"그랬으면 조금이나마 마음이 편하겠지만…… 프레드릭의 의견을 듣고 싶어서 말이야. 그쪽 팀 연구실에 가봤더니 없어서, 아마 여기 있을 것 같다 싶었지."

그 말을 듣고, 바로 조금 전에 비슷한 이야기를 했던 프레드릭과 아리아는 서로 마주보면서 씁쓸하게 웃었다.

그러자 아스카가 의아하다는 표정으로 고개를 갸웃거렸다.

"……왜 그래?"

"아냐, 신경 쓰지 마. 그래서, 무슨 볼일인데?"

프레드릭이 물었다.

연구 성과에 대한 리포트는 항상 연구소 서버에 올려두고 있다. 『GEAR 계획』 전체의 프로젝트 치프인 아스카가 자신에게 물어볼 일이 없을 텐데.

"『발가헥타신』의 변질 분기에 대해, 담당자의 자세한 의견을 듣고 싶어서."

기어 세포에 포함되는 성분 중 하나인 자기 복제형 비필수 아미노산 『발가헥타신』. 그것을 세포의 성장과정에서 변질 분기시키는 것이 지금 프레드릭이 담당하고 있는 연구였다.

사실 그게 잘 풀리지 않아서 이렇게 기분전환을 하고 있지만.

"최신 리포트에는 특정 조건하에서 변질의 정체가 확인됐다고 적혀 있었는데, 그 특정 조건에 대한 애용이 상당히 애매하더라고."

"그거 말인가. 그런데 아쉽게도 그 특정 조건을 재현하는 데 고전하고 있는 상황이야. 뭐, 60% 정도는 판명됐지만……."

"그 60%의 내용을 듣고 싶은데."

"인적오류지.^(Human error)"

"…………프레드릭."

"자신만만하게 대답할 일이 아닐 텐데……."

아스카와 아리아가 동시에 한심하다는 듯이 말했다.

하지만 프레드릭은 훗, 하고 코웃음을 쳤다.

"농담이야. 아무튼 아직 재현 실험을 해보는 중이라서. 리포트에 있는 것 말고는 더 말할 게 없어. 덕분에 실험 결과를 기다리는 사이에 개인적인 연구들이 진행되고 있지."

"그런데, 만약 『발가헥타신』의 변질 분기 정체가 인위적으로 재현할 수 있는, 예를 들어서 억제 효과가 될 수 있는 요소라면……."

기어 세포 자체가 원인이 되는 사고로도 이어질 수 있다는 얘기다. 아스카가 하려는 말의 중요성은 프레드릭도 잘 알고 있다.

"현시점에서도 변질 정체의 조건 확인은 상당히 복잡해졌어. ……쉽게 재현할 수가 없다고."

프레드릭은 그렇게 말하고는 팔을 들어서 기지개를 켜고 천천히 일어났다.

그리고는 두 사람의 피곤한 얼굴을 보고…… 신경을 쓰면서 말했다.

"그쪽 연구도, 잘 안 풀리는 것 같은데?"

"아니, 딱히……."

아스카가 말을 흐렸지만, 이마에 손을 대고 정정했다.

"그래… 맞아. 그다지 좋은 상황은 아니야."

소속 팀이 다른 프레드릭은 그 고민을 알 수 없었다. 하지만 이 확실하지 않은 대답이, 평소의 아스카답지 않은 태도라는 것만은 분명했다.

"뭐, 기밀 취급이다 보니 말할 수 없는 것도 많겠지만…… 둘 다 너무 무리하진 말라고. 나라도 좋다면 언제든지 상담 정도는 해줄 테니까."

"고마워 프레드릭…… 그럴 일이 생기면 부탁할게."

"그래…… 응, 프레드릭이라면…….”

어딘가 괴로워 보이는 아스카와 안타까운 표정의 아리아.

땅바닥을 보며 입을 다문 두 사람의 모습이, 어째선지 프레드릭의 기억에 너무도 선명하게 남았다.

제1장 『이변』

흰 가운 너머로 딱딱하고 무기질적인 바닥의 냉기를 느끼며, 프레드릭은 눈을 떴다.

―그건…… 꿈이었나?

어제 있었던 일을 이렇게 선명하게 꿈으로 꾸다니, 아리아와 아스카의 괴로워하는 표정이 그리도 마음에 걸렸던 것일까 프레드릭은 아직까지 흐릿한 의식 속에서 생각했다.

"윽…… 크윽."

머리가 너무나 아프다.

이마에 손을 대고 주위를 둘러보니 항상 틀어박혀 있던 자신의 연구실이었지만, 어째서인지 묘하게 어지럽혀져 있었다.

바닥에는 리포트와 자료, 현미경과 계측기 등의 온갖 실험기재가, 마치 책상 위를 전부 쓸어버린 것처럼 널려 있다.

아마도 연구에 몰두해 있다가 책상에 엎드린 채 잠들어버렸고, 자는 사이에 바닥으로 굴러 떨어졌다고 봐야겠지.

그렇게 납득하고, 일어나려고 했지만…….

"윽…… 엇?"

몸에 힘을 준 그 순간…… 비틀.

구르는 것처럼 쓰러져버린 프레드릭은 네 발로 엎드린 자세로 신음했다.

"뭐…… 지…….."

신기루처럼 일그러지는 시야. 더 아파오는 머리.

이상하게 나른하고 몸도 무겁다.

그냥 현기증이라고 보기에는 아무래도 몸 상태가 이상하다.

심장이 거세게 뛰고 가슴이 묘하게 갑갑하다.

—몸이, 뜨겁잖아?

뭔가 몸에 열이 있는 것은 확실한 것 같다.

감기일까? 아니면 뭔가 다른 바이러스? 그것도 아니면 뭔가 이상한 걸 잘못 먹었나.

어제는 이렇게 쓰러질 만큼 무리하지도 않았던 것 같은데…….

"젠장, 컨디션 관리도 하나 제대로 못 하다니. 내가 생각해도 한심하네."

프레드릭은 이 컨디션 불량의 원인에 대해 냉정하게 기억을 더듬어봤다.

분명히 어제는 밖에서 셋이 만난 뒤에 연구실로 돌아왔고, 우연히 기어 세포에 포함되는 성분 중에 하나, 자기 복제형 비필수 아미노산 『발가헥타신』의 변질 분기 정체 조건을 대략 알아내고, 정확성을 높이기 위한 재현 실험을 반복하기 위한 준비를 했다.

—그리고…… 어떻게 됐지?

생각해내려 했지만, 잘 기억이 나지 않는다.

그 때, 프레드릭은 문득 주위 바닥에 널려 있는 자료 종이

들을 봤고, 자기도 모르게 눈살을 찌푸렸다.

"이건…… 변질 분기, 가속?"

한 장을 집어서 대충 훑어봤다. 그것은 『발가헥타신』의 변질 분기 정체에 관한 것이 아니라, 변질 분기의 가속을 촉진하는 것에 대한 내용이었다.

그런데, 이건 좀 이상하다.

—왜 이런 자료가 존재하지?

변질 분기 가속은 프레드릭이 개인적인 이유에 의해 독자적으로 연구를 추진하려고 구상해뒀던 것이고, 아직 실험 단계에 들어가려면 한참 모자란 상황이었다.

그런데, 이건 아무리 봐도 실험 결과에 관한 보고서다.

—말도 안 돼? 내가 타임 슬립을 한 것도 아니고.

프레드릭은 자조하는 것처럼 어깨를 으쓱거리고 손목시계를 봤다.

아직 의식은 조금 흐릿하지만, 기억이 맞다면 오늘 날짜는…….

"응? 이게…… 뭐야?!"

손목시계의 날짜 표시는, 프레드릭의 기억과 한 달 정도 어긋나 있었다.

—그렇다면 그 꿈은 어제가 아니라 한 달이나 전? 기억 상실이라는 건가? 말도 안 돼.

그 때, 찌릿, 하고 전기가 흐른 것처럼, 어떤 이미지가 프레드릭의 뇌리를 스쳐 지나갔다.

현미경을 들여다보는 자신의 눈. 『발가헥타신』에 손을 댄 기어 세포의 변질 관측.

빠직, 프레파라트에 금이 갔다.

『변질 가속도 무사히 성공…… 좋았어!』

현미경에서 눈을 떼고, 주먹을 쥐고 해냈다는 포즈를 취하는 자신.

─지금 그건, 나? 내…… 기억인가?

그것은 자신이 『발가헥타신』의 변질 가속에 성공한 순간인 걸까. 끊어졌던 실이 이어지는 것처럼 기억 같은 것이 머릿속에 떠올랐다.

남의 일처럼 여겨지지만, 생각해보니 어째선지 분명히 그랬던 것 같은 실감이 든다.

─정말로, 내가?

자기도 모르게 다시 이마에 손을 대고, 기억을 회복하려고 했다

하지만 일단 진정하기 위해서 간신히 일어섰고, 의자에 앉은 프레드릭은 거기서 눈에 들어온 또 다른 예상 밖의 일 때문에 자기도 모르게 눈이 휘둥그레졌다.

"이건…… 혈흔?"

자료 일부에 묻은 피. 자세히 보니 바닥과 벽 등등, 연구실 곳곳에도 빨간 얼룩. 그것은 아무리 봐도 조금 전까지 자신이 쓰러져 있던 곳을 중심으로 퍼져 있는 것 같은데…….

─설…마……?

의식한 직후, 느껴졌다.

목에서 느껴지는 축축한 감촉.

목에 손을 대보니 손바닥에 반쯤 마른 붉은 액체가 묻어 있다. 아니, 게다가 목을 건드리지도 않은 반대편 손까지 피범벅이었다.

─어째서, 이런데 피가?

쭈뻣쭈뻣, 목을 문질러봤지만 상처 같은 것은 없었다.

신기하게도 목에선 전혀 아픔이 느껴지지 않았다. 하지만 분명히, 입고 있는 가운도, 그 속에 받쳐 입은 셔츠도, 모두가 목 주변에서 피 같은 것에 젖은 감촉이 느껴졌다.

"무슨 일이…… 일어났던 거지?"

한 달이나 건너뛴 기억과 목 주변의 혈액. 상황은 분명히 이상했다. 이젠 도저히, 자신이 그냥 자다가 떨어져서 쓰러져 있었다고는 생각할 수가 없다.

─무엇보다 내가 왜 쓰러져 있었던 거지? 이 연구실에서 대체 무슨 일이 일어났던 거야?

프레드릭의 기억은 안개가 낀 것처럼 애매해서, 도무지 생각이 나지 않았다.

하지만 밀려오는 불안, 모른다는 공포에 사로잡힌 속에서…… 느꼈다.

그것은 새로이 발생한 이상.

대량의 화약이 단번에 작렬한 것 같은 '폭발' 소리가 났고, 이어서 연구실이 흔들렸다.

『꺄아아아아아아아아아아아악!』

동시에 프레드릭은 저 '멀리'에서 터져 나온 여러 개의 비명소리를 들었다.

──……폭발? 멀리서? 잠깐. 왜 그렇게 생각했지?

프레드릭은 의아해했지만, 실제로 자신의 귀에는 지금도 시내에서 패닉이라도 일어난 것 같은 비명소리가 날아 들어오고 있다.

그 직후…… 삐익 하고, 연구소 내부 방송으로 긴급 경보가 울렸다.

『알파 섹션에서 또 다시 사고가 발생. 2차 피해를 막기 위해, 지금부터 당 연구소는 일시적으로 폐쇄됩니다. 연구원은 매뉴얼에 따라 순차적으로 피난을──』

천장에 있는 스피커에서 나오던 목소리가 갑자기 끊어졌다.

동시에 경보도 멈췄는데, 마치 갑자기 전원이 끊어지기라도 한 것 같은 느낌이었다.

실제로 프레드릭의 연구실은 불도 꺼지고, 벽에 있는 빨간 비상등만이 어둠 속에서 기분 나쁘게 빛나고 있다.

"이번엔 또 뭐야…… 무슨 일이 일어난 거야?!"

이 지하 연구소의 벽은 꽤 두껍다. 그런데 프레드릭의 귀에는 아직도 멀리서 울리는 비명소리가 계속 들려오고 있다.

그리고 비명소리에 섞여서 들려오는, 짐승 같은 것의 짧은 숨소리.

──내가 대체 어떻게 된 거냐고…….

원래는 들릴 일이 없는 소리가 분명히 들린다. 게다가, 이 상황.

무엇보다 이 지하 연구소는 다양한 차세대 의료 계획을 짜고 연구하는 곳이다. 아무리 큰 사고가 발생했다 하더라도 폭발 따위가 일어날 리는 만무하다.

―정말로, 사고……인걸까? 그렇다면…….

만약 정말로 사고라면 일종의 바이오해저드가 벌어졌다고 상상할 수도 있고, 최악의 경우에는 어떤 기밀 연구를 노린 테러일 가능성도 있다.

거기까지 생각하고, 프레드릭은 자리에서 일어났다.

"아무튼 무슨 일이 일어난 건 분명해."

아리아와 아스카는 무사한 걸까.

두 사람은 『GEAR 프로젝트』의 중심인물이다. 어쩌면―최악의 결과가 머릿속에 떠올랐고, 프레드릭은 그것을 떨쳐내려는 것처럼 고개를 저었다.

프레드릭은 가만히 있을 수가 없어서 정보 관리 단말 앞으로 갔지만, 역시 연구소의 전원이 끊어진 탓인지 아무리 콘솔을 조작해도, 단말의 전원 스위치를 눌러도 아무런 반응이 없었다.

이 지하 연구소에서 일하는 사람들은 기밀 연구 관리 때문에 개인적인 통신 단말의 소지가 금지돼 있다. 그렇다면 남은 연락 수단은 하나뿐.

―직접 찾으러 가는 수밖에 없나.

그렇게 생각하고 문 쪽으로 걸음을 옮겼지만, 바로 문제에 직면했다.

"……열릴 리가 없나."

평소 같으면 자동으로 열려야 할 연구실 문은, 잠금장치가 작동한 상태에서 정지돼 있다.

즉, 갇혀버렸다는 뜻이다.

십여 년 전에 모든 전자기기를 폐기하고 인간의 문명이 전력에서 『법력』으로 이행한 지금에 와서도, 문명의 힘을 잃었을 때에 느껴지는 인간의 무력함은 변함이 없다.

이렇게 갇혔을 때 영화 같은 데서는 총으로 자물쇠를 부수기도 하지만, 일개 연구원인 프레드릭이 그런 것을 가지고 있을 리가 없다.

그렇다면 힘으로 열어볼까. 아니면 잠금장치 부분의 유닛을 해체해서 열어볼까.

―잠깐만. 이런 때는 분명히……

이 연구실 안에 방법이 없는 것도 아니다.

탈출 방법 하나를 떠올렸지만, 프레드릭은 문득 고개를 들었다.

멀리서 들리던 소리가 이쪽으로 다가오고 있다.

뛰는 발소리, 그리고, 거친 숨소리.

―누가, 오는 건가?

이대로 가면 연구실 앞을 지나가게 된다.

그렇다면, 프레드릭은 큰 소리를 질렀다.

"이봐, 거기 있는 사람! 잠깐 기다려!"

바로 문을 두드려서 접촉을 시도했다.

최악의 경우에는 힘으로 열어야 하더라도, 두 사람이 힘을 합치면 확실하게 열 수 있다.

그렇게, 생각했지만.

『누, 누가 있는 거야?! 제발! 이 문 좀 열어줘!』

문 너머에서 들려오는 남자의 목소리.

그는 상당히 절박한 상태인 것 같다.

"그러고 싶은 생각은 굴뚝같지만, 나도 지금 갇힌 상태라서……."

『부탁이야! 이봐! 제발! 빨리! 빨리 열어줘!』

"……왜 그렇게 서두르는 건데? 아무튼 잠깐 기다려봐!"

『아, 아아아…… 왔다! 틀렸다! 이미 늦었어!』

"이봐! 무슨 소리야?! 뭐가 왔다는 건데!"

프레드릭이 외쳤지만, 허무하게도 그 사람의 발소리는 멀어져갔다.

이야기하느라 알아차리는 게 늦었지만, 그걸 따라가는 소리가 또 하나.

─이건…… 동물, 인가?

짐승이 네 발로 뛰는 것 같은 바닥과 발톱이 부딪치는 소리.

그것이 급격하게 가까워지더니 남자의 발소리를 쫓아갔다.

『으아아아아아아아아아악!』

남자의 비통한 외침과 동시에, 기세 좋게 으르렁대는 소리.

그것은 사냥개가 사냥감에게 뛰어들 때 내는 소리 같았다.

─뭐야…… 공격당하는 거야?

짐승 같은 목소리를 들었을 때, 아까 일어난 폭발 때문에 어떤 연구실의 실험동물이 도망친 게 아닌가 싶었지만, 다음 순간 귀에 들어온 소리는 프레드릭의 상식적인 사고를 날려버렸다.

『아, 아아…… 악…… 끄아아아아아아아아아아아악?!』

덥썩, 우적, 질척, 질척, 질척.

소리만. 이건 틀림없이 소리뿐이지만.

지금의 프레드릭에게는 어째선지 너무나 잘 들리고 있다.

상상해버린 것은 눈을 돌리고 싶어지는 광경. 비상등밖에 없는 연구실의 어둠이 그 기분 나쁜 느낌을 한층 더 불쾌한 것으로 바꾸고 있었다.

우적, 쩝쩝, 우적우적우적.

그것은 아마도 살을 찢고, 물어뜯고, 씹는 소리.

―잡아먹히고 있는… 건가?

자기도 모르게 핏기가 가셨다

보이지 않는, 하지만 상상하게 만드는 공포 때문에 온 몸에 소름이 돋았다.

사람을 잡아먹는 정체불명의 짐승. 그런 존재가 있다고 인식하자마자 프레드릭은 문 앞에서 몇 걸음 물러났다.

너무나 상식을 벗어난, 목숨을 빼앗기는 소리를 계속 듣고 있던 프레드릭은, 방심하면 당장이라도 다리가 풀려버릴 것만 같았다.

하지만 지금, 눈앞에 있는 문 덕분에 자신은 안전하다. 그러니까, 괜찮다. 그런 안도를 느끼기 시작했을 때.

문득, 피범벅이지만 상처는 없는 목이…… 정확히는 목덜미 쪽이 아파왔다.

긴장 때문에 심장이 거세게 뛴 탓인지 몸이 뜨겁다.

―젠장. 대체 뭐냐고!

프레드릭은 고개를 한 번 젓고, 몸속에서 끓어오르는 영문 모를 열기에 떠밀린 듯 연구실 안에 있는 소화기를 향해 달려 갔다.

비상등 밑에 있는 것은 소화기와 비상용 도끼. 미국이란 나 라답게, '마스터키'라는 농담 같은 명칭으로 불리는 저 비품은 무기로도 쓸 수 있다.

어차피 문을 열어야 연구실에서 나갈 수 있다. 그 시기가 달라질 뿐이고. 프레드릭은 자신을 설득하려는 것처럼 마음을 부추기고, 두 손으로 쥔 도끼를 내리치려고 한 순간.

―잠깐만…… 내가 뭘 하는 거지? 무슨 바보 같은 짓을 하 려는 거야?!

프레드릭은 깜짝 놀랐고, 망설이고 말았다.

―정말, 이래도 되는 걸까?

지금 이 문을 열면 틀림없이 자신도 저 참극에 휘말리게 된 다. 아니, 이것은 스스로 위험에 뛰어드는 행위다.

프레드릭은 초인도 히어로도 아니다. 평범한 일반인은 고 사하고, 지하에 너무 틀어박힌 탓에 심각할 정도로 운동부족 인 과학자다.

그런 인간이 혼자서 어정어정 밖으로 나가봤자 희생자만 늘 리게 되지 않을까.

―그렇다면, 이대로 가만히 있는 쪽이…….

누구인지도 모를 남자를 구하기 위해서 목숨을 던질 수는 없다. 프레드릭은 그런 냉혹한 생각을 해버리고는 자기도 모르게 이를 악물었다.

그러는 동안에도 문 하나 너머에 있는 연구실 밖에서는 기분 나쁜 소리가 계속 들려왔다.

『아, 으아아…… 사, 살…… 려…….』

당장이라도 끊어질 것 같은 남자의 목소리.

질질, 질질.

그 소리가 뭔가를 끌고 가는 소리로 바뀌고 점점 멀어져 갔다.

그것은 연구실 안에 있는 프레드릭의 입장에서는 안전이 확보됐다는 뜻이고.

—죽게 둔 건가, 그 사람을…….

그렇게 생각했지만, 마음속으로는 안심하고 있었다.

문 밖의 소리가 멀어진다.

서서히, 서서히 작아지고, 이윽고 들리지 않게 됐다.

—어쩔 수 없잖아……. 나도…….

죽고 싶지 않다. 그것은 인간으로서 옳은 욕구일까.

도울 수 있을지도 모르는데, 라는 희망적인 관측이 프레드릭을 괴롭혔다.

하지만 아무리 원통하게 생각해봤자 이미 늦었다.

조금 지나, 문 밖에서는 아무 소리도 안 들리게 됐다.

즉, 그는 이미…….

"하, 하하하…… 하하…….."

정숙에 휩싸인 연구실에 프레드릭의 목소리가 울렸다.

가만히 선채로. 자신의 비정함에 구역질이 날 것 같았다.

하지만, 어쨌거나 이 연구실에서 나가야만 한다.

프레드릭은 자신에 대한 울분을 터트리려는 것처럼.

"이, 멍청한 자식!"

힘껏, 손에 쥔 도끼를 휘둘렀다.

까앙! 금속이 접촉하는 둔탁한 소리.

도끼날이 문에 박히기는 했지만 원래 노렸던 잠금장치 유닛에서 조금 빗겨난 탓에 문이 열리지는 않았다.

"왜…… 왜 죽게 내버려 둔 거야?!"

대답을 알고 있는 질문을 외치며, 다시 한 번 있는 힘껏 도끼를 휘둘렀다.

"난…… 나라는 놈은! 자기밖에 모르고!"

과학자 중에는 자기밖에 모르는 인간이 많다고 하지만, 막상 비상사태에 직면하고서 자신이 이렇게 무정한 인간이라는 사실을 알게 된 프레드릭은 자기 자신을 환멸했다.

"하지만, 죽는 것보다는 낫다고! 어쩔 수 없잖아!"

한 번, 두 번. 그리고 세 번.

분노를 실어서 휘두른 도끼가 마침내 잠금장치 유닛을 때렸다.

그리고 이번에야말로…… 뿌득.

"뭐야?!"

명중은 했다. 하지만, 동시에 도끼 자루가 부러졌다.

힘껏 내리친 프레드릭은 그 기세를 이기지 못한 채, 문에 부딪히고는 반동 때문에 뒤로 넘어졌다.

쇠로 된 도끼 자루가 부러지다니, 정말 생각도 못 했다.

"하, 하하하……. 이 망할 불량품!"

부러진 자루를 보면서 자기도 모르게 투덜댔다.

—천벌, 이려나.

쓰러진 채로 천장을 올려다보며, 문에 부딪친 몸의 아픔을 참으면서 생각했다.

몇 번이나 소리를 지른 덕분에 기분은 조금 풀렸지만.

아무튼 이대로 후회만 해봤자 소용없다.

문을 보니 부러진 도끼의 날 쪽이 잠금 유닛에 꽂혀 있고, 문과 벽 사이에 약간의 틈이 생겼다.

프레드릭은 일어나서 부러진 자루를 그 틈새에 꽂아 넣고는 억지로 문을 열었다.

조용한 복도와 이어진 순간, 강렬한 피비린내가 코를 찔렀다.

프레드릭이 악몽이라도 꾸고 있다면 좋겠지만, 발밑의 상황을 보면 조금 전에 바로 그 자리에서 참극이 일어난 것이 명백했다.

연구실과 마찬가지로 비상등만 켜진 어두운 복도. 그 복도 저편에, 프레드릭의 목에 있는 핏자국과는 비교도 안 될 정도의 피가 웅덩이를 이루고 있다.

피 웅덩이 일부가 복도 저편으로 뻗어 있고, 서서히 흐릿해졌다.

그것은 조금 전의 남자가 정체불명의 짐승에게 끌려간 흔적이었다.

―미안해, 정말로.

복도 모퉁이에서 기분 나쁘게 빛나는 비상등을 바라보며, 프레드릭은 마음 속으로 사죄했다.

그리고 크게 심호흡을 하고, 눈앞의 광경을 받아들였다.

이 피의 흔적과 냄새는 틀림없는 현실.

그렇게 다시 냉정함을 되찾은 후, 조금 전에 연구실에서 눈을 뜬 뒤로 계속해서 일어난 너무나 부자연스런 이 상황에 대해 생각했다.

"정말이지 모를 일 투성이야……."

거의 한 달분이 날아가 버린 자신의 기억.

목의 상처 없는 핏자국과 쓰러져 있던 이유. 너무 밝아진 귀.

폭발 같은 흔들림과, 연구소 일시 폐쇄 통지를 하다가 갑자기 끊어져버린 긴급 경보.

복도도 연구실처럼 어두운 것에 미루어보면 섹션 단위로 끊어진 것 같은 연구소의 전원.

그리고 그 남자를 물어 죽이고 시체를 끌고 간 정체불명의 짐승.

불명확한 일들이 너무 많아서 생각해봤자 답이 나오지 않았다.

하지만 지하에 나무가 뿌리를 펼치는 모양으로 만들어진 이 연구소에서, 대체 뭔지는 모르겠지만 터무니없는 일이 벌어졌다는 것만은 틀림없었다.

그렇다면.

지금 자신의 연구실에서 탈출한 프레드릭이 제일 먼저 생각한 것은.

"⋯⋯아리아와 아스카가 무사하면 좋겠는데."

연인과 친구 두 사람의 안부였다.

프레드릭의 연구실이 있는 이곳은 베타 섹션이라고 불리는 구역이고, 다양한 기밀 연구소가 모여 있는 감마 섹션⋯⋯ 두 사람이 중심이 되어 『기어 계획』을 추진하고 있는 그곳에서도 여기와 같은 일이 일어났을까.

두 사람은 이미 긴급 경보에 따라서 피난했을까. 아니면 아직도 연구소 안에 있는 걸까.

생각하면서, 프레드릭은 문득 손목시계를 봤다.

"오전 10시⋯⋯ 10분 전인가."

즉 9시 50분.

그 시간이라면 두 사람 모두 감마 섹션에 있을 것이다.

프레드릭의 기억이 날아간 기간 동안에 뭔가가 달라지지 않았다면.

만약 공백의 기억 사이에 무슨 일이 일어났다면, 그것은⋯⋯.

─⋯⋯생각하지 말자. 그것만은.

아리아의 아름다운 웃는 얼굴이 사라져가는 것처럼 머릿속에 떠올랐고, 프레드릭은 고개를 저었다.

그녀는 아직 살아있다. 틀림없이 살아있을 것이다. 프레드릭은 그렇게 믿기로 하고, 머릿속에서 지금부터 자신이 해야 할 행동을 정리했다.

프레드릭의 ID 카드로는 보안 레벨이 높은 감마 섹션에 들어갈 수 없다. 그 입구는 도끼로 비틀어 열 수 있는 규모가 아니기 때문에 그쪽으로 찾으러 가봤자 소용없다.

만약 아리아의 상태가 좋지 않았다면 의무실에 있을 가능성도 있다.

사실 지금 이 연구소에서는 어떤 일이 일어났고 사람을 죽이는 의문의 짐승까지 있으니, 가능한 빨리 탈출해야 하겠지.

그렇다면 먼저 긴급 피난 매뉴얼에 따라서 피난 루트 쪽으로 가자. 중간에 의무실에 들러서 아리아가 있는지 확인한다. 그러다가 아리아나 아스카와 합류하면 다행이고, 다른 사람들과 합류하게 되면 두 사람의 정보를―또는 감마 섹션의 상황을 알 수 있을지도 모른다.

마음에 걸리는 것은 역시 조금 전의 그 짐승인데…….

"하다못해 뭔가 무기가 있으면 좋을 텐데."

손에 쥔 부러진 도끼 자루를 보며 한숨을 쉬었다.

그 짐승이 언제 또 나타날지 모른다. 호신용으로, 이 마스터키라고 불리는 도끼도 새로 입수해둬야겠지.

다행이 비상용 비품은 잔뜩 있으니까 굳이 찾으러 갈 필요도 없이 손에 넣을 수 있겠지만, 그러는 동안에 마주치기라도 하면…….

―아냐, 겁내기만 해선 움직일 수 없어. 지금은 일단 움직이자.

고개를 저어서 망설임을 떨쳐내고, 프레드릭은 혼자서 고독하게, 어두운 복도를 걸어가기 시작했다.

가도 가도 어둡기만 한 긴 복도에 가끔씩 켜져 있는 비상등. 그 붉은색 불빛에서 말로 표현할 수 없는 불안감을 느끼며.

◆　◆　◆

보안 레벨이 높은 프로젝트들의 코어를 집약시킨 그 가장 중요한 섹션은 독립된 전원 계통을 가지고 있다.

감마 섹션─그 중에서도 어느 한 연구실의 전원은 프레드릭이 있는 베타 섹션과 달리 아직 건재했다. 천장의 불빛은 눈부시게 빛나고, 실내 기기도 소리를 내며 가동하고 있다.

그런 연구실에, 아스카 R. 크로이츠가 있었다.

긴장한 얼굴인 아스카 주위에는 다른 연구원도 몇 명 모습이 보였다. 하지만 그 연구원들은 연구소라는 장소에 어울리지 않게 검고 투박한 총기들을 손에 들고 있었다.

자세히 보면 안에 다른 뭔가를 입고 있는지 흰 가운이 약간 부풀어 있고, 한 눈에 봐도 보통 연구원들과는 서 있는 자세가 다르다.

마치 군인 같은 자들이 변장한 것 같은 느낌이었다.

"시간이 꽤 오래 걸리는군."

과학자 치고는 체격이 무척이나 건장한 사내가 빈정대는 투로 아스카에게 말했다.

"아무래도 갑작스런 일이니까. 갑자기 찾아와서 준비하라고 해도, 그렇게 바로 되는 일이 아니야. 정리하는데도 꽤나

고생했다고."

대답하는 아스카의 표정은 너무나 어둡다.

하지만 억지로 힘을 내고 있는 건지 목소리만은 밝았다.

"이쪽은 『인형』에 필요한 것만 회수하면 문제없다. 다른 연구 데이터는 전부 버려도 좋다고 했을 텐데."

남자가 협박하려는 듯 아스카의 등을 향해 총구를 겨눴다.

하지만 고개를 돌린 아스카는 그 총을 흘끗 보기만 했고, 한숨을 쉬면서 말했다.

"……피험체의 셋업은 반드시 필요한 일이야."

총을 든 남자의 눈이 스윽, 하고 가늘어졌다.

"그 피험체가 우리 리스트에 있었던 인물과 다른 것 같은데, 그건 어떻게 된 일이지?"

"리스트는 적합률이 보다 높은 사람을 발견될 때마다 갱신돼. 당신들이 최신 피험체를 몰랐을 뿐이고, 다음 주에 왔으면 또 다른 사람이 피험체일 수도 있어."

아스카는 총을 쏠 리가 없다는 확신이라도 있는 것인지 자유롭게 연구실 안을 걸어가서는 사람 한 사람이 통째로 들어가는 대형 타원체…… 냉동수면 캡슐 앞에서 발을 멈췄다.

"어쨌거나 그녀의 셋업이 끝날 때까지는 움직이게 할 수도 없고, 나도 움직일 수가 없어. 당신들이 서두르고 싶은 마음은 알겠지만, 그런다고 필요한 시간은 달라지지 않아."

"흥…… 그래, 좋다. 일단 말해두는데, 쓸데없는 생각은 하지 말라고. 네가 무슨 짓을 하건 우리의 작전은 예정대로 수행될 테니까."

"예정대로란 말이지……."

아스카는 그렇게 중얼거리고 연구실을 둘러봤다.

"그렇게 잔뜩 들어오더니, 지금은 몇 명이 안 보이는데. 나와 『GEAR 프로젝트』보다 중요한 일이라도 있는 건가?"

그 지적이 정곡을 찌르기라도 한 것일까.

"네놈은 몰라도 되는 일이다."

총을 든 남자의 대답은 담백했다.

그리고 그 때, 남자의 주머니에서 희미한 불빛이 흘러나왔다.

바로 꺼낸 것은 법력으로 작동하는 개인용 통신 단말.

남자는 단말 너머에서 들여오는 누군가의 목소리를 듣고 있었지만, 마침내 아스카가 들으면 안 된다는 것처럼 재빨리 그에게서 멀리 떨어졌다.

그리고 혼자 남게 된 아스카는 천천히 냉동수면 캡슐 쪽으로 손을 뻗었다.

캡슐 위쪽에 있는 작은 창 너머로 보이는 것은 피험체……여성의 얼굴.

아리아 헤일.

프레드릭의 연인이자 아스카의 조수. 『GEAR 프로젝트』에 참가한 재원이 캡슐 안에 평온한 모습으로 잠들어 있다.

그런 아리아의 잠든 얼굴을 보며, 아스카는 괴롭다는 듯이 이를 악물고는.

"미안해 아리아. 결국, 이렇게 돼버렸어……."

누구에게도 들리지 않게, 조용한 목소리로 사과했다.

제2장 『조우』

정적 속에 작은 발소리만이 울린다.

문이 열려 있는 다른 연구실에서 비상용 도끼를 손에 넣은 프레드릭은 어두운 복도를, 손으로 벽을 짚어가며 조금씩 걸어갔다.

이 지하에 펼쳐진 연구소는 총 면적으로 따지면 야구장 정도는 간단히 능가할 정도의 규모. 그 안에 다수의 연구실이 줄지어 있다 보니 복도도 상당히 복잡하다. 평소에 자주 다니던 익숙한 복도지만, 어둡다는 이유 하나만으로 공간을 파악하기가 힘들어져서 마치 미로 같은 기분이 들었다.

눈이 어둠에 많이 적응하기는 했지만, 정기적으로 이정표가 되는 것이 비상등의 붉은 램프와 초록색으로 빛나는 비상구의 표식 밖에 없다보니 기분이 울적해진다.

무엇보다 지금까지 아무도 만나지 못했다. 이게 대체 어떻게 된 일일까.

이 베타 섹션만 해도 상당히 많은 연구원들이 근무하고 있을 텐데, 지금까지 단 한 명도 보지 못했다.

프레드릭이 가까운 의무실부터 돌아보며 아리아가 없다는 것을 확인하고 이렇게 긴급 피난 루트인 베타 섹션 외곽……독립된 동력의 비상 탈출용 엘리베이터 홀을 향해 가고 있는 동안 거의 30분이나 되는 시간이 지났다. 이 넓은 지하 연구소에서, 그만한 시간이 지나도록 아무도 못 만났다는 건 아무리 생각해도 자연스럽지 못한 일이다.

—역시 그 정체불명의 짐승 때문일까?

지금까지 그런 기척은 느껴지지 않았다. 하지만 희미한 불빛에 비친 바닥에서 가끔씩 보이는 핏자국을 보면, 그것은 틀림없이 존재한다.

"식인 맹수에 너무도 넓은 시설…… 완전히 탈출 게임이군."

또 새로운 핏자국을 발견하고, 프레드릭은 한숨을 쉬며 중얼거렸다.

그 때, 찰칵찰칵하는 키보드 두드리는 것 같은 소리가 들려왔다.

프레드릭은 조금 빠르게 걸어서 복도 모퉁이를 돌았다.

막다른 곳에 있는 연구실 문은 굳게 닫혀 있었지만…….

—정말이지, 대체 왜 들리는 거냐고.

자기 몸이면서도 석연치 않은 일이지만, 지금의 프레드릭은 귀를 기울이면 벽 너머에 있는 사람의 숨소리까지 들을 수 있을 정도로 청각이 예민해져 있었다.

"이봐! 누구 있어!"

프레드릭은 문 앞에 서서 안에 있는 사람을 불렀다.

그랬더니 바로 대답이 돌아왔다.

『있어! 여기 있어!』

문을 두드리는 소리에 이어서 젊은 여성의 목소리.

조금 전의 프레드릭과 마찬가지로 갑자기 베타 섹션의 전원이 끊어지면서 안에 갇힌 것 같다.

그렇게 생각하고, 프레드릭은 도끼를 들었다.

"문에서 떨어져! 밖에서 부술 테니까!"

『아냐, 괜찮아! 잠깐만 기다려. 이러면 열릴…… 거야!』

"……열린, 다고?"

여자가 말한 대로 잠깐 기다렸더니 또다시 잠금장치 유닛 쪽에서 찰칵찰칵 소리가 났고, 마침내 철컥하며 잠금장치가 풀리는 소리가 났다.

프레드릭은 도끼로 억지로 열었는데, 아무래도 이 여자는 스스로 유닛을 분해해서 잠금장치를 해제한 것 같다.

"영, 차……."

문에 틈이 조금 생기고, 가느다란 손가락이 나왔다.

하지만 여성의 힘이 부족한 탓인지 무거운 문은 잘 열리지 않았고…….

"……도와줄게."

프레드릭은 도끼를 바닥에 내려놓고 문 틈새로 두 손을 집어넣었다.

그리고 힘을 줘서, 무거운 문을 천천히 슬라이드시켰다.

그랬더니 문은 김이 샐 정도로 가볍게, 생각보다 간단히 열려버렸다.

"우와, 진짜 힘이 세네."

열린 문 너머에 있던 젊은 여성의 눈이 휘둥그레졌다.

보브컷의 검은 머리카락에 갈색 피부. 얼핏 보면 남아시아

계열인 것 같은 그녀는, 비상등 불빛 속에서도 충분히 단정해 보이는 얼굴이었다.

"고마워. 하아, 겨우 밖에 나왔네."

"보아하니 긴급 경보가 울렸을 때부터 계속 갇혀 있었던 건가?"

"뭐, 대충 그렇지. 갑자기 그런 일이 일어나서 깜짝 놀랐다니까."

계속 엉거주춤한 자세로 잠금장치를 해제하려고 했던 탓인지, 연구실에서 나온 여성은 두세 번 허리를 굽혔다 폈다 한 뒤에 허리를 툭툭 두드렸다.

그리고 다시 한 번 프레드릭을 보고…… 눈살을 찌푸렸다.

"우와, 당신…… 괜찮아? 목에 피가 잔뜩 묻었는데."

"응? 아무래도 그런 것 같군. 하지만 딱히 상처도 없고, 다친 것도 아냐."

"그런데 왜 그렇게 피가 묻은 거야……."

"그러게 말이야. 나도 꼭 좀 알고 싶어."

"아니, 의미를 모르겠거든."

의심 가득한 눈빛을 한 채로 몇 걸음 물러난 여성. 그럴 만도 하다. 피범벅이 된 남자한테 상처가 없다면, 제일 먼저 생각할 수 있는 것은 다른 사람의 피. 게다가 비상용 비품이라고는 해도 도끼까지 들고 있다.

—위험한 사람이라고 생각해도 어쩔 수 없는 일이지.

하지만 프레드릭으로서는 더 이상 대답할 말이 없었다.

`"어떻게 된 일인지, 약간 기억상실이 일어난 것 같아서 말

이야."

"……지금 농담하는 거야?"

"아니, 아쉽게도 아주 진지해. 이 꼴로 믿어달라고 해도 믿기는 힘들겠지만……."

그렇게 말하면서 가운 가슴 주머니에 손을 넣고, 목에 거는 ID카드 케이스를 꺼냈다.

그 안에 있는 ID카드를 보여주며, 프레드릭은 자기소개를 했다.

"프레드릭 불사라. 여기 연구원이야. 전공은 기어 세포…라고 하면 알려나?"

"그렇다면 그『GEAR 프로젝트』에?"

"그렇게까지 유명한 일은 아닌 것 같은데. 뭐, 나는 거기 하청 같은 입장이야."

"흐음…… 그렇구나."

여성은 아직도 의심하고 있는 건지, 눈을 가늘게 뜨고 프레드릭의 ID카드를 응시했지만.

"그래서, 그쪽은?"

프레드릭이 묻자, 마찬가지로 자신의 ID카드를 보여주며 대답했다.

"난…… 비디아. 성은 묻지 마. 꽤 기니까."

출신국의 풍습 때문이려나. 어쨌거나 당분간은 이름만 알아도 문제없으니까, 성은 굳이 물어볼 필요도 없겠지.

"오케이 비디아. 그리고 묻는 김에 이것도 물어볼게. 지금 이 지하 연구소에서 무슨 일이 일어났던 건지, 혹시 알아?"

"알고 있으면 갇히지도 않았겠지?"

"당연한 얘기군. 그렇다면 비슷한 처지라고 생각하면 되겠군."

그렇게 말하고, 프레드릭은 지금 막 문을 연 연구실로 들어갔다.

바로 소화기 있는 곳으로 가서 비상용 도끼를 하나 더 집어 들고 복도로 돌아왔다.

"자, 이거 받아."

그리고 도끼 하나를 비디아에게 내밀었다.

"……아, 저기? 우리 피난하려는 거 아니었어?"

비디아가 씁쓸하게 웃으면서 고개를 갸웃거렸다.

"그럴 생각인데 대비는 해두는 게 좋으니까."

프레드릭은 비디아에게 도끼를 건네면서 지금까지 있었던 일을 간단히 설명했다

호신용 무기라는 것이 필요한 이유.

그 의문의 짐승과 공격당한 남자에 대한 이야기다.

"직접 보지는 못했지만 아무튼 사람을 공격하고 간단히 죽이고 먹어치웠어. 그런 정체불명의 짐승이라고 할까, 괴물이 지금 이 베타 섹션에 있는 것 같아. 언제 나타날지 모른다고."

"괴물이라니. 저기 말이야, 기억 상실 얘기도 그렇고 영화를 너무 많이 본 게…………."

그러던 비디아가, 진지한 눈으로 프레드릭의 뒤쪽을 쳐다봤다.

"혹시, 그거… 저거 얘기야?"

——?!

그 말을 듣고, 프레드릭은 힘차게 뒤를 돌아봤다.

—어째서 알아차리지 못했지?!

이렇게 눈에 보일 때까지 알아차리지 못하다니, 실수였다. 혼자서 어둠 속을 헤매다가 겨우 다른 사람을 만난 탓에 완전히 방심하고 있었다.

아니, 어쩌면 둘이 대화하는 목소리가 저 녀석을 불러들인 것인지도 모른다.

하지만 이렇게 알아차린 지금, 그 숨소리와 바닥에 발톱이 부딪치는 작은 소리에 귀를 기울여보니.

—개…… 아니, 사냥개인가?

저 놈이 그 괴물이라는 걸, 쉽게 이해할 수 있었다.

시선 너머에서, 비상등 불빛에 비친 것은 도베르만 한 마리.

마치 경찰견이 범인을 쫓는 것 같은 동작으로 복도 구석의 냄새를 맡고 있었다. 그런 사냥개의 입 주위가 번들거리는 것처럼 보였다. 저 광택의 정체는 틀림없이 액체. 비상등의 빨간색 때문이 아니라, 원래 빨간색일 것이다.

"저게 그쪽이 말한 괴물? 내가 보기엔 어디서 연구에 쓰던 실험동물 같은데."

"그렇다면 다행인데 말이야."

이미 사냥개가 사람을 죽이는 일부시종을 귀로 듣고 알고 있는 프레드릭은 긴장한 얼굴로 비상용 도끼를 들었다.

"최소한, 살인견이다."

프레드릭의 말에 반응한 건 아니겠지만, 복도 구석에서 냄새를 맡고 있던 사냥개가 문득, 뭔가를 알아차린 것처럼 고개를 들었다.

그리고…… 프레드릭 일행을 봤다.

카메라 플래시를 터트리고 찍은 사진에서 눈이 빨갛게 빛나는 것처럼, 사냥개의 눈이 이상한 색으로 빛났다.

"눈이… 빛나잖아?"

그리고 비디아도 저게 최소한 보통 개가 아니라는 정도는 판단한 것 같다. 프레드릭의 등 뒤에서, 마찬가지로 도끼를 들었다.

사냥개가 이쪽을 보며, 허를 칠칠맞게 늘어트리고 헉헉, 하는 짧은 호흡을 했다.

그 때 뚝뚝하고, 사냥개의 입에서 액체가 떨어졌다.

빨간색으로 추정되는 그 액체는 어쩌면 아까 프레드릭이 도와주지 않은 남자의…….

그런 생각을 한 순간.

격렬한 으르렁 소리와 함께, 사냥개가 바닥을 박찼다.

그리고 예상보다 빠른 속도로 순식간에 거리를 좁히며 프레드릭에게 뛰어들었다.

"빨라……!"

"뭐야?!"

프레드릭과 비디아는 재빨리 복도 벽 쪽으로 몸을 피해서 사냥개의 돌격을 아슬아슬하게 피했다.

하지만 그 직후, 익숙하지 않은 파괴음이 들려와서 지금 막

지나간 사냥개 쪽을 쳐다봤다.

"······말도 안 돼!"

그 한 순간에 대체 얼마나 가속이 붙었던 걸까. 점프한 사냥개는 복도 반대쪽 모퉁이에 처박혀 있었다.

개가 부딪친 것으로 보이는 벽이 커다란 크레이터처럼 우묵해져 있다.

금이 간 콘크리트 벽에서 후두둑하고 파편이 떨어진다.

피했으니 다행이지, 맞았으면 어떻게 됐을지 생각해보니 오싹한 기분이 들었다.

게다가 저 파괴를 저지른 사냥개도 상당한 반동을 받았을 텐데, 태연하게 이쪽을 보더니 다시 한 번 간다는 듯이 또다시 낮은 소리로 으르렁거리고 있다.

"정말······ 이상하네. 정상이 아니야."

"근력을 엄청나게 강화한 개라는 거야? 저건 도를 넘었어. 이건 정말 괴물이야. 까딱하면 병기······?!"

사냥개가 또다시 돌격해 와서 프레드릭은 하던 말을 멈췄다.

이번에는 복도 가운데 쪽으로. 재빨리 다시 한 번 몸을 피했지만, 이번에는 원래 벽 쪽에 있었기 때문인지 아니면 개도 나름대로 학습한 건지, 개는 벽에 옆구리를 비비듯 방향을 바꾸더니······.

"아차, 이런?!"

프레드릭을 노리고, 입을 벌리고 뛰어들었다.

물린다. 그렇게 직감한 프레드릭은 재빨리 도끼 자루를 옆으로 눕혀서 내밀었다.

하지만 사냥개의 이빨은 철제 자루를 간단히 부숴버리고, 그대로 돌격해왔다. 기세는 많이 죽었지만, 갑자기 떠밀린 프레드릭은 사냥개에게 깔리며 뒤로 자빠져버렸다.

"크, 아아아악?!"

바로, 덥석. 사냥개가 프레드릭의 왼쪽 어깨를 물었다.

살에 이빨이 파고드는 기분 나쁜 소리.

순간적으로 끓어오른 것처럼 뜨거운 왼쪽 어깨.

조금 늦게 느껴진 강렬한 아픔에 시야가 플래시처럼 깜박거린다.

"프레드릭?! 아, 진짜! 이게!"

그 때, 움직임을 멈춘 사냥개를 향해 비디아가 두 손으로 잡은 도끼를 힘차게 내리쳤다.

그것은 사냥개의 몸통을 제대로 때렸고, 살을 찢는 소리가 울렸지만……

"뭐야…… 이거, 어떻게 된 거야?"

비디아가 믿을 수 없다는 듯이 뒤로 물러났다.

도끼가 뼈를 부수지는 못했고, 사냥개의 몸통에 박힌 채로 멈춰 있었다.

그 정도만 해도 보통 개라면 충분히 죽고도 남을 상처. 그런데도 사냥개는 아무렇지도 않다는 듯, 프레드릭의 어깨를 찢어버릴 기세로 고개를 좌우로 마구 흔들었다.

"크윽?! 이게, 건방, 지게!"

절규를 지르고 싶어지는 아픔을 간신히 참으며, 프레드릭은 발악하듯 한 방, 두 방, 세 방, 오른손에 남아 있는 도끼 자루로 사냥개를 때렸다.

하지만 그 자루가 목에 꽂혔는데도 사냥개는 어깨를 꽉 문 채로 고개를 흔들어댔다.

왼쪽 어깨에 사정없이, 더 깊이 박힌 이빨이 프레드릭에게 죽음의 예감이 들게 만들었다.

두근.

그 때, 프레드릭은 들었다.

격렬한 아픔에도 마음이 꺾이지 않고 반격할 의지를 다잡은 순간, 부자연스러울 정도로 커진, 자기 가슴 속에 있는 심장이 뛰는 소리를.

……어째선지, 목이 이상하리만치 뜨겁다.

"젠장! 이거…… 놔!"

무기를 잃은 오른손의 주먹을 꽉 쥐었다.

살아라. 자신의 몸이 외치는 것 같다.

"난…… 먹이가 아니라고!"

개의 얼굴을 향해, 있는 힘껏, 오른팔을 휘둘렀다.

그랬더니 주먹이 개의 얼굴에 파고들었고.

깨갱! 짐승의 비명소리가 들리고 어깨에 가해지던 압력이 사라졌다.

사냥개는 나선을 그리는 것처럼 격렬하게 회전하고, 복도 바닥에 튕기면서 날아가 버렸다.

—어라?

자기가 때렸다. 그건 분명한다.

순간, 프레드릭은 무슨 일이 일어났는지 이해하지 못했다.

─그냥 펀치인데? 저렇게 날아가다니, 이게 무슨…….

위기상황에서 나오는 초인적인 힘이라는 걸가.

하지만, 아직 방심할 수는 없다.

"큭…… 더럽게, 아프…… 네."

한 눈에 봐도 출혈이 심한 왼쪽 어깨를 누르며, 프레드릭은 상반신을 일으켰다.

"프레드릭! 괜찮아?! ……아닌가보네."

그 때, 한 손에 소화기를 든 비디아가 연구실 안에서 뛰어나왔다.

그걸로 사냥개를 때릴 생각이었을까. 프레드릭은 그녀가 혼자서 도망쳤을 거라고 생각했었는데.

"하, 하하하……."

너무 아파서 정신이 조금 이상해진 건지, 엉뚱하게도 웃음이 나왔다.

"지금 웃을 때야?! 아무튼 도망쳐야지!"

"……도망쳐?"

순간, 프레드릭은 당혹스러웠다.

비디아의 발언은 옳다. 그런데, 어째서 자신은.

싸운다, 는 생각을 하고 있는 걸까.

─내가, 대체 무슨 생각을…….

프레드릭은 자기도 모르게 오른손을 봤다.

사냥개를 세게 때려서 날려버린 오른손 주먹을 확인하려는 것처럼 벌렸다, 쥐었다.

―죽음의 위기에서 발휘한 초인적인 힘? 아무리 그렇다고 해도.

그래도 조금 전의 그 한방은 말도 안 된다고 할 수밖에 없는 위력이었다. 그걸 자신이 저질렀다니. 아직도 믿을 수가 없다.

"상처가 심한데, 걸을 수 있겠어?"

"그, 그래……."

비디아가 소화기를 든 채로, 비틀거리는 프레드릭을 부축해서 천천히 일으켰다.

그 때, 복도 저쪽에서 또다시 사냥개가 으르렁거리는 소리가 울렸다.

소리를 듣고 사냥개 쪽을 보니 엄청나게 이상한 모습이 되어 있었다.

몸에는 비디아가 내리친 도끼가 박혀 있고, 목은 완전히 꺾여 있다. 비유가 아니라, 진짜로 목뼈가 부러진 것이리라. 머리 자체가 이상한 방향으로 틀어져 있었다.

그래도 대미지를 입기는 입은 것이었을까, 사냥개는 다리를 부들거리며 일어나려 하고 있다.

하지만 목뼈가 부러졌는데도 저렇게 움직이는 자체가 이상한 일이다.

"……이쯤 되면 거의 호러네."

"그러게. 도저히 웃을 수가 없는 광경이야."

사냥개는 아직도 포기하지 않은 건지 떨리는 다리로 천천히, 이쪽을 향해 걸어왔다.

그 때, 비디아가 소화기 안전핀을 뽑았다.

소화기 안에 있던 소화제를 복도에 잔뜩 뿌리고, 사냥개가 있던 쪽으로 소화기를 던졌다.

빨간색과 녹색. 두 종류의 비상등 불빛이 소화제를 비추자, 주위가 순식간에 샛노란색으로 물들었다. 갑자기 유황 결정이라도 만들어지기라도 한 것처럼.

"잠깐 시간이나 버는 거야. 가자. 응급처치라도 해야 할 테니까."

"말 그대로 연막전술인가."

프레드릭과 비디아는 비상용 피난 루트를 알리는 녹색 불빛을 따라 걸어갔다. 그 뒤에서는 여전히 사냥개가 으르렁거리는 소리가 들려왔고, 두 사람의 걸음걸이는 저절로 빨라졌다.

◆　　◆　　◆

소화제 연막을 이용해서 괴물로 변한 사냥개한테서 도망친 프레드릭 일행은, 비상용 엘리베이터로 가는 중간에 있는 복도에 앉아 있었다.

원래는 의무실로 가고 싶지만, 그곳 문이 닫혀 있는 건 비디아를 만나기 전에 확인했다. 가봤자 들어갈 수도 있고, 그 개가 있는 곳을 지나가야만 해서 일단 응급처치부터 하기로 했다.

"일단 상처 좀 보여줘. 어깨뼈가 부러졌으면 응급 처치를 해야 하니까."

"……할 수 있어?"

"생물학 전공이거든. 어느 정도는 의료 지식도 있고."

비상구를 알리는 녹색 불빛 아래에 프레드릭을 앉히고, 비디아가 흰 가운 소매로 어깨의 피를 살짝 닦아낸 뒤에 상처를 확인했다.

프레드릭은 상처를 건드리면 엄청나게 아플 것 같아서 이를 악물었지만, 생각보다 상처가 깊지 않았는지 그렇게 많이 아프지는 않았다.

꼭 그래서는 아니지만.

프레드릭은 상처를 보고 있는 비디아에게 농담조로 말했다.

"그쪽, 의외로 배짱이 좋은데."

애당초 이곳의 연구원들은 하나같이 운동부족. 베타 섹션에도 트레이닝 짐이 있기는 하지만 이용하는 사람이 없어서 하루하루 운동기구에 먼지만 쌓이고 있었다.

그런데 비디아는 도끼 휘두르는 자세도 그럴듯한 것이 어딘가 과학자스럽지 않다는 인상이었다.

—젊어 보이는데, 험한 일이라도 겪었던 건가?

"연구 성질상 피를 보는 데 좀 익숙한 것 뿐이야. 그리고 저런 괴물이 있으면 혼자 있는 쪽이 더 위험할 것 같지 않아?"

"혼자 도망친 놈은 결국 죽는다는 건가. 영화에서 흔히 나오는 얘기지."

"그보다…… 나야말로 꼭 물어볼 게 있거든."

어깨의 상처를 보고 있던 비디아가 프레드릭을 똑바로 쳐다봤다.

그것은 조금 전, 처음 만났을 때처럼 의심하는 눈빛이었다.

"프레드릭. 당신, 정체가 뭐야?"

"……무슨 소리야?"

질문의 의미를 이해하지 못한 프레드릭이 물었다.

그러자 비디아가 천천히, 꽉 쥔 주먹을 보여줬다.

그녀는 그대로 피범벅이 된 프레드릭의 어깨에, 조금 힘을 주고…… 퍽.

─어?

"아직 아파? 믿을 수 없는 일이지만 상처가 보이질 않아."

"……잠깐만, 그게 무슨 소리야?"

"말 그대로야. 뼈도 멀쩡해. 분명히 가운이랑 그 속에 있는 셔츠도 찢어지고 피로 범벅이 됐는데, 피부는 흠집 하나 없이 깔끔하단말야."

"말도 안 돼……."

프레드릭도 직접 손으로 만져서 상처를 확인했다. 하지만 거칠게 만져 봐도 전혀 아프질 않았고, 깨끗이 닦아낸 상처 부부에는 건강한 색의 살갗이 보일 뿐이다.

조금 전까지는 걷기도 힘들 만큼 아팠는데, 그 상처가 대체 어디로 사라졌다는 걸까.

냉정하게 생각해보니 더 이상 아프지도 않았다. 마치 처음부터 상처 따위는 존재하지도 않았다는 것처럼.

"다시 한 번 물어볼게, 프레드릭. 당신 정체가 뭐야? 혹시 기밀 연구 피험체 아냐?"

"아니, 그건 정말 아니야. 난 정말로 평범한 과학자라고. 그런데 어째서, 이런 일이……."

너무나 놀라운 일에 믿을 수 없다는 표정을 짓고 있는데, 갑자기 그것이 찾아왔다.

"……으윽!"

갑작스런 두통에, 자기도 모르게 손으로 이마를 눌렀다.

그 때, 머릿속에 떠오른…… 선명한 기억.

자신의 연구실에서 눈을 떴던 때와 마찬가지로 머릿속에 이미지가 흘러 들어왔다.

『크, 아아, 아아아아아아아아아아아아악!』

그것은 자기 머리를 두 손으로 붙잡고 연구실 바닥을 뒹굴던 기억.

그 목이, 너무나 뜨겁고. 자신은 마침내, 비명도 지르지 못하게 됐고.

등을 뒤로 젖힌 채 경련했고…… 거기서 시야가, 기억이 끊어졌다.

—?!

프레드릭은 자기도 모르게 목을 만졌다.

실제로 아픈 건 아니지만 목덜미가 욱신거린 기분이 들었다.

—그래, 난, 분명히…….

눈을 떴을 때 연구실이 그렇게 어지럽혀져 있었던 건 프레드릭이 괴로움에 몸부림치고 날뛰었기 때문이다.

그 때 프레드릭은 틀림없이 죽었다고 생각했는데…… 어째선지 눈을 떴다. 그것을, 지금 이 순간까지 잊고 있었다.

—대체 무슨 일이 있었던 거야. 그 때, 난 왜 괴로워했지? 기억이 날아가 버린 것과 무슨 관계가 있는 걸까?

프레드릭은 그 기억의 직전에 있었던 일을 떠올려보려고 열심히 노력해봤지만, 생각나는 것은 괴로움에 몸부림치는 자신의 모습과 격렬한 두통, 그리고 몸이 뜨거웠다는 것뿐이었다.

—한 번 죽었다는…… 건가? 말도 안 돼.

하지만 그 기억이 사실이라면 목의 상처가 사라진 것도 이해할 수 있다. 틀림없이, 이유 없이 목 주위에 묻어 있던 피도 지금처럼 상처가 사라진 탓이라고 생각할 수 있다.

묘하게 밝아진 귀도, 조금 전에 사냥개를 날려버린 그 주먹도, 자신이 개조 인간이라든지가 됐다는 황당무계한 상상을 해보면 납득하지 못할 일도 아니다.

—난, 대체 어떻게 된 거지…….

가슴 속에서 불안이 해일처럼 밀려왔다.

그 때 비디아가 어쩔 수 없다는 듯이 한숨을 쉬었다.

"후우. 그 꼴을 보니 정말로 모르나보네."

"미안……. 그리고 말했잖아? 역시 난 기억상실인 것 같아."

"보통 상황이었으면 뇌에 이상이 있는지 의심하겠지만…… 이렇게 상처가 없어지는 상식 밖의 일이 벌어졌으니까. 뭐, 무슨 일이 있었다고 생각해야겠지.

"그게 무슨 일인지 모르니까 문제야. 기억상실인데다 괴물한테 잡아먹힐 뻔 했고, 게다가 어째선지 무사하고…… 정말이지, 악몽이라도 꾸는 기분이야."

"악몽이라. 그 점에서는 동감이야. 저런 괴물한테 잡아먹혀서 죽는 건 사양하고 싶으니까."

비디아는 그렇게 딱 잘라 말하고, 일어나서 비상등의 녹색 불빛을 바라봤다.

"지금은 더 이상 생각해봤자 소용없어. 차분하게 생각하기 위해서라도 피난하는 게 어때? 이대로 여기 있으면 또 그 놈이 올지도 모르니까."

"그래…… 그래야겠지."

아직도 납득할 수 없는 일들이 많지만, 프레드릭은 일단 비디아의 말에 따르기로 했다.

둘이서 나란히, 비상구 표식이 그려진 녹색 불빛을 따라 어두운 복도를 걸어갔다.

이번에는 갑자기 괴물과 마주치지 않도록 소리에 세심한 주의를 기울였다.

지금까지 지나온 복도에도 몇 군데 핏자국이 있었다. 자신들이 겪은 것 같은 호러 참극이 연구소 곳곳에서 벌어지고 있다면…… 이렇게 비디아와 만나기는 했지만, 과연 생존자가 얼마나 될는지.

피난 경로를 따라 걸어가는 사이에 다른 사람들과 합류할 수 있다면 정보를 얻는다는 의미에서도 힘을 얻는다는 의미에서도 마음이 든든할 텐데.

정말, 지금 이 지하 연구소에서 무슨 일이 일어나고 있는 걸까. 프레드릭은 그런 생각을 하지 않을 수가 없었다.

평범한 사고나 바이오해저드로 저런 괴물이 태어났다고 생각하기는 어렵다. 역시 어떤 연구를 노린 테러일까. 뭔가 인위적인 것에 의한 상황이라고 생각한다면.

그렇게 생각한 프레드릭이 문득, 옆에서 걸어가는 비디아에게 물었다.

"아, 비디아. 지금 몇 시인지 알아?"

"지금? 그러니까…….."

비디아가 주머니에서 회중시계를 꺼내서는 시간을 확인했다.

"열시 조금 지났어."

—그렇군.

프레드릭은 눈을 가늘게 뜨고 살짝 한숨을 쉬었다.

"왜 그래?"

"아니, 아는 사람이 무사히 피난했을지 계속 걱정이 돼서 말이야."

불안에 사로잡히면서도, 프레드릭은 마음을 다잡고서 말했다.

"그거, 『GEAR 프로젝트』 동료?"

"섹션은 다르지만, 점심시간쯤 되면 가끔씩 날 보러 오던 녀석들이거든. 별 일 없으면 좋겠는데…….."

마리아와 아스카는 과연 무사히 피난했을까.

프레드릭은 두 사람의 얼굴을 떠올리면서 신중하게 걸어

갔다.

"……………응?"

갑자기 들려온 소리에 반응해서 발을 멈췄다.

정말로 내가 어떻게 된 건지, 또 불안해졌다.

어쨌거나 묘하게 예민해진 청각으로 감지한 것은 사람의 작은 목소리. 이 피난 경로 앞에서 기다리고 있는 여러 사람이 대화하는 목소리였다

벤치 몇 개와 약간의 화초와 자판기. 작은 공원처럼 넓은 홀…… 프레드릭과 비디아가 비상용 엘리베이터가 있는 구역에 도착했을 때, 거기에는 연구소에서 일하는 사람들의 소규모 그룹이 화초 옆에 숨으려는 것처럼 몸을 웅크리고 숨을 죽이고 있었다.

비상등에 반사된 흰 가운 입은 사람을 세어보니 열 명. 제각각 비상용 도끼나 쇠지렛대로 무장하고, 한 곳에 모여서 두려움에 떨고 있었다.

하지만 아직까지 피난을 하지 않은 건 대체 무슨 이유 때문일까.

—엘리베이터 문은 열려 있는데…….

그 때, 연구원 한 사람이 프레드릭 일행을 알아차리고 손짓으로 신호를 보냈다.

손가락 하나를 세워서 입에 댄 뒤에, 몇 번인가 위쪽을 향

해서 움직이는 그 동작은.

—조용히, 하고 위를 보라는 건가.

유난히 높은 천장을 보니, 수많은 배관과 꺼진 조명이 있는 곳에 수상하고 빨간, 하지만 작은 빛들이 몇 개 보였다.

두 개씩, 한 쌍이 가까이에 붙어있는 그 빛이 가끔씩 움직이고 있다.

—눈이 빛나는 건가? 뭔가가 있다. 그것도 잔뜩.

가끔씩 부엉, 부엉 하는 탁한 소리가 들리는데, 울음소리려나.

"올빼미…… 인가?"

비디아가 눈을 가늘게 뜨고 작은 소리로 말했다.

빨간 눈을 세어보니 전부 열 마리다.

하지만 저 사람들의 겁먹은 모습을 보면, 천장에 있는 저것들도 아까 프레드릭과 비디아를 공격했던 사냥개와 마찬가지로 괴물이라고 봐야겠지.

"왠지 불행한 소식이 많네."

"일단 저쪽에 합류하자."

프레드릭과 비디아는 몸을 낮추고 슬금슬금, 소리를 내지 않도록 천천히 조심스럽게 연구원들 그룹 쪽으로 다가갔다.

그 집단에 프레드릭이 아는 사람은 없었지만, 그 중에서 한 사람이 다른 사람들을 제지하는 것 같은 손짓을 하면서 프레드릭 일행 쪽으로 다가왔다.

나이는 마흔 정도려나. 흰머리가 약간 섞인 머리카락을 뒤로 넘긴, 어딘가 영국 신사 같은 느낌이 드는 그 남자는 프레

드릭을 보자마자 눈이 휘둥그레졌다

프레드릭은 그 반응을 보고 비디아와 처음 만났던 때를 떠올렸다.

—뭐, 꼴이 이러니까. 놀랄 만도 하지.

흰 가운은 피범벅인데다 사냥개한테 물리면서 찢어지기까지 했다. 사정을 모르는 사람 눈에는 중상을 입은 것처럼 보이겠지.

"…………자네…… 괜찮은가?"

"그래. 보기엔 좀 요란하지만 별 일은 아니야."

프레드릭은 그 남자처럼 작은 소리로 말했다.

"그보다 어떻게 된 거야? 왜 피난을 안 하는데."

"…아쉽게도, 하고 싶어도 못 하는 상황이라서 말이지. 난 사지라고 하네. 그쪽은?"

프레드릭은 그 사지라는 남자를 어디선가 본 것 같은 기분도 들었지만, 어디서 봤는지는 생각나지 않았다.

어쨌거나 이 지하 연구소에서 일하는 사람은 많다. 전에 어디선가 지나가면서 잠깐 봤겠지.

"이런 상황이라서 말이야, ID카드를 보여주면 고맙겠는데."

"ID카드? 상관은 없지만……."

비디아와 프레드릭은 일단 사지에게 자신들의 ID카드를 보여줬다.

그는 카드의 사진과 본인들을 몇 번인가 번갈아 보고는 엉거주춤한 자세로 천천히 몸을 돌려서 뒤에 있는 사람들에게 손가락으로 고리를 만들어서…… OK 사인을 보냈다.

그리고 프레드릭 일행에게 따라오라는 손짓을 하고 사람들 있는 곳으로 돌아갔다.

"피난을 할 수 없다니, 어떻게 된 일이야?"

사지 뒤를 따라 사람들과 합류하며, 프레드릭이 물었다.

그러자 사지가 엄지손가락으로 엘리베이터 쪽을 가리켰다.

비상용 엘리베이터 중에 한 대만 문이 열려 있고, 그 안에서 빛이 새어나오고 있었다.

어두운 홀과 비교하면 그야말로 희망의 빛처럼 보이는데…….

"예비 전원은 살아있지만, 어찌 된 영문인지 엘리베이터가 움직이질 않아. 아까 내가 시험해봤는데 어디서 단선이라도 된 것인지, 버튼을 눌러도 문이 닫히질 않더라고."

"아, 그렇게 된 건가."

프레드릭이 한숨을 쉬었다.

"움직이지 않는 비상용 설비에 대체 무슨 의미가 있는 건지."

"그러게 말이야. 일이 이렇게까지 겹쳐지다보니 고의적으로 발생한 사고가 아닐까 의심이 될 지경이야."

"……고의적이라니?"

프레드릭은 의아해하면서도 사지의 이야기를 계속 들으려고 했는데.

"지금 온 자네. 혹시 시간을 알고 있나?"

나이는 30대 초반 정도에 건강에 전혀 신경을 쓰지 않는 것 같은 뚱뚱한 몸에 창백한 얼굴의 백인 연구원이 갑자기 그렇게 물었다.

그 말의 의미를 알아차린 프레드릭이 손목시계를 보며 대답했다.

"11시 40분의 10분 전, 인데."

"……그렇군. 고맙네. 난 더스틴 배리."

"프레드릭 불사라. 이쪽은 비디아."

가볍게 자기소개를 했는데, 비디아가 불만이라는 얼굴로 이쪽을 보고 있었다.

"시계, 있었잖아……."

"있으면, 물어보면 안 되나?"

"직접 보는 게 더 빠를 것 같은데."

"그거 미안하군."

하지만 지금 프레드릭은 비디아보다 더스틴이 보여준 ID카드가 더 신경 쓰였다.

프레드릭 일행과 라인의 색이 다른 ID 카드. 그것은 아리아나 아스카와 같은 감마 섹션에서 근무하는 사람들이 가지고 있는, 생체 인증 기능이 추가된 ID카드였다.

"더스틴. 혹시 감마 섹션에서 도망쳐 온 건가?"

프레드릭은 정보를 기대하며 그렇게 물었다.

"아니, 아침부터 아는 사람의 실험 경과를 보러 와 있었어. 덕분에 두 시간 가까이 이 꼴이지. 오질 말아야 했는데."

"……그런가."

그쪽도 여기와 같은 상황인지 묻고 싶었지만, 그런 상황이

라면 더스틴도 아리아나 아스카의 상황을 알 리가 없겠지.

프레드릭은 두 사람의 일은 일단 미뤄두기로 하고, 다시 한 번 옆에 있는 사지에게 현재 상황에 대해 물었다.

"사지, 아까 인위적인 것이 아닌가 의심이 된다고 했는데……."

"사람들의 이야기를 종합해보니 그런 결론이 나오더군."

그리고 사지는 인위적인 상황이라고 생각하게 된 경위를 간단히 설명했다.

먼저 알파 섹션에서 폭발이 일어났다.

그것은 프레드릭이 연구실에서 눈을 떴을 때 느꼈던, 섹션의 전원이 꺼지기 직전에 있었던 일과 다른 일인 것 같다. 즉, 프레드릭이 의식을 잃은 사이에 일어난 일이다.

아무튼 그것 때문에 일단 긴급 경보가 울렸고, 연구원들이 피난을 시작했다.

하지만 거기서 문제가 발생했다.

프레드릭과 비디아가 만났던 그 사냥개처럼, 사람을 공격하고 잡아먹는 괴물의 존재다.

"그 바이오해저드의 산물로 보이는 괴물들이 폭발이 일어난 알파 섹션에서 이쪽으로 들어왔다면, 시간이 안 맞지 않나?"

사지가 손가락으로 천장을 가리키며 물었다.

"어디서 왔는지는 모르겠지만, 저 올빼미 놈들한테도 여러 명이 당했어. 여기서는 안 보이지만, 저쪽 구석에 불행한 피해자들이 몇 명 잠들어 있다네."

"기다리고 있었다는, 그런 얘긴가?"

"그렇게 생각해도 이상할 건 없잖아? 실험동물 치고는 너무 사납고, 사람을 공격한다는 점도 이해할 수가 없어. 어두워진 뒤로는 소리에 반응하는 건지, 조용히 있으면 공격하진 않는데……."

사지는 두 손 들었다는 얼굴로 말했다.

"다른 비상용 엘리베이터 쪽으로 가고는 싶지만 저런 괴물이랑 마주치고 싶지도 않고, 거기까지 가봤자 여기와 똑같은 상황일 가능성도 있어. 그밖에도 개나 악어 같은 괴물들이 있어서 다들 이리로 도망쳤으니까. 그것들이 오기 전에 어떻게든 탈출하고 싶은데……."

"현재로선 꼼짝도 못 하는 상황이라는 건가."

이건 악몽인가, 바이오해저드일까, 그것도 아니면 테러? 프레드릭도 그런 가능성을 생각 못했던 것은 아니지만, 모르는 곳에서 뭔가가 연결돼 있다고 생각하는 쪽이 좋을지도 모르겠다.

"엘리베이터 천정…… 탈출구를 억지로 여는 방법은? 이런 지하 연구소니까, 엘리베이터 통로에 사다리 같은 게 있지 않을까?"

비디아가 문이 열려 있는 엘리베이터를 보면서 말하자, 사지가 어깨를 으쓱거렸다.

"뭐, 지금 막 그런 얘기를 하고 있긴 했지."

"……무슨 문제라도 있나?"

"문제고 자시고, 누가 갈 건데?"

사지가 주위를 둘러보자 사람들이 하나같이 눈을 피했다.

"엘리베이터 천장 뚜껑을 열건 문 잠금장치를 도끼로 부수고 일단 저 안에 숨으려고 하건, 어쨌거나 큰 소리가 난다고."

—아, 치킨 레이스가 된다는 뜻인가.

엘리베이터로 어떻게든 하기 위한 동작은 큰 소리를 내게 된다. 그렇다면 소리에 반응한다는 저 천장의 올빼미들이 공격해올 것이 뻔하다.

아무도 솔선해서 저 살인 올빼미 무리한테 공격당하고 싶지는 않겠지. 물론 그건 프레드릭도 마찬가지였다.

하지만 그 때, 문득 이런 생각이 들었다.

—나라면…… 할 수 있지 않을까?

아까 사냥개한테 물렸던 상처는, 어떻게 된 영문인지 흔적도 없이 다 나았다.

만약에 그 때처럼 자신의 상처가 낫는다면…….

—잠깐, 무슨 생각을 하는 거야. 말도 안 돼.

고개를 저으며 초인이라도 된 것 같은 생각을 떨쳐냈다.

"저기, 프레드릭."

비디아가 프레드릭 쪽을 보며 말했다.

"됐어. 나도 죽는 건 싫다고."

"……아직 아무 말도 안 했는데."

"다른 얘기면 계속 하고."

그렇게 말하자, 비디아는 어깨를 으쓱거리고 입을 다물었다.

굳이 말할 필요도 없다는 뜻인가.

분명히 가능성은 있다고 생각하지만, 상처가 낫는다고 해서 무슨 짓이건 해도 된다고 생각하기는 힘들었다. 무엇보다 또 한 번 상처를 입었을 때, 이번에도 낫는다는 보장이 없다. 설령 낫는다고 하더라도, 이번에 다치는 곳이 머리라면? 몸 일부가 뜯겨나가는 상처라면?

─아무래도 나을 것 같지 않은데.

청각도 그렇고 힘도 그렇고, 자신의 몸이 뭔가 이상해졌다는 건 알겠지만, 프레드릭은 자신이 엄청난 괴물이 됐다고 과신할 만큼 자신의 상태를 받아들이지는 못했다.

하지만 상황은 가만히 있는 것을 허락하지 않는다.

이대로 조용히 있는 사이에 다른 괴물이 올지도 모르니까.

─가도 지옥, 안 가도 지옥인가.

그렇다면 조금이라도 가능성이 있는 쪽으로.

그렇게, 프레드릭이 자신을 설득하기 시작했을 때.

갑자기 쿠웅, 하는 엄청난 진동.

한 순간의 지진. 프레드릭은 청각으로 그것의 정체를 파악했다.

─아래쪽에서…… 폭발?

동시에 뭔가가 바닥에 떨어지고 유리가 깨지는 것 같은 소리가 울렸다.

지금 그 진동 때문에 천장에 달려 있던 조명기구가 떨어졌다.

위쪽을 보니 천장의 다른 조명과 자재 파편들이 차례로 떨어지기 시작했다.

그리고 그것들이 집중적으로 떨어진 장소가 좋지 않았다.

"으아악?!"

연구원 한 명이 떨어진 조명을 맞았고, 반사적으로 소리를 지르고 말았다.

―?! 이 바보가!

갑작스런 일이다. 그 사람을 나무랄 수는 없지만, 상황은 급변.

큰 소리를 내면 당연히 천장에 있는 올빼미들이 반응한다.

키아아악! 곳곳에서 터져 나온 울음소리는 마치 괴수의 그것과도 같았다. 올빼미 몇 마리가 비상등 불빛을 깜박이게 하려는 것처럼 어두운 허공을 날아 내려왔고…….

"엎드려!"

비디아가 소리쳤고, 프레드릭은 바로 바닥에 엎드렸다.

그 머리 바로 위로, 날개로 바람을 가르는 소리가 지나갔다.

만약 바로 엎드리지 않았다면, 지금쯤 프레드릭의 머리는 올빼미의 발에 잡혀 있었을 것이다.

하지만 모든 사람들이 프레드릭처럼 반응한 건 아니어서…….

"억?! 으, 아아아악!!!!"

명암을 가른 것은 단 한 순간.

엎드린 프레드릭의 시야 속에서, 근처에 있던 사람들의 다리 몇 개가 발버둥 치면서 땅바닥을 떠나 허공으로 올라갔고, 그대로 끌려갔다.

그것이 한 사람일까, 두 사람일까, 아니면 세 사람일까. 당장은 판별할 수 없었지만.

"아, 아파! 놔! 이거 놓으라고오오오오!"

"끄아아아아아아악!"

울리는 비명소리와 무리의 날갯소리.

살을 찢고, 물어뜯는 기분 나쁜 소리.

허공으로 끌려간 사람들의 미래가 어떻게 될지, 더 이상 생각할 필요도 없었다.

바로 그렇게 판단했기 때문이겠지.

사지에 이어서 비디아, 그리고 더스틴, 나머지 사람들도 아무 말 없이, 지금이 기회라는 듯이 일어나서 엘리베이터 쪽으로 뛰어갔다.

그것은 비정하지만 올바른 판단.

가봤자 도와줄 수도 없다, 이미 늦었다, 운이 없었다, 이것은 숭고한 희생이다…… 그렇게 생각하면서 입을 꾹 다물고, 자신을 달래며, 프레드릭도 뒤늦게나마 일어났는데…….

"?!?!?!"

프레드릭의 눈앞에 떨어져서 요란한 소리를 울린 것은, 희생자가 가지고 있었던 것으로 보이는 쇠지렛대. 그것 때문에 발을 멈추고 말았다.

그리고 툭, 퍽, 어디선가 사람인지도 모르는 물건이 떨어지는 소리가 울렸다. 그리고 또 날갯짓 소리가 들리고…….

—말도, 안 돼.

불행하게도, 프레드릭의 위치는 엘리베이터와 올빼미 무리 사이.

다음은 내 차례. 그런 공포가 프레드릭의 온 몸을 지배했다.

앞서간 사람들, 엘리베이터 안으로 들어간 사지는 이미 비상용 도끼로 엘리베이터 문의 위아래 부분, 즉 잠금장치 부분을 부수고 있었다.

저게 성공하면 사람 힘으로도 엘리베이터의 무거운 문을 닫을 수 있다. 그렇게 되면…….

―이봐…… 기다려……

뒤처진 자신이 그들의 방패가 돼서, 무자비하게 버림받으려 하고 있다.

아까 프레드릭이 사냥개에게 쫓기던 사람에게 그랬던 것처럼.

두근.

거세게 뛰는 심장, 갑자기 뜨거워지는 목.

―웃기지마!

프레드릭은 재빨리 눈앞에 있는 쇠지렛대를 집어 들었다.

자신의 고동과 숨소리, 옷이 쓸리는 소리. 올빼미의 날개소리, 바람 가르는 소리.

고속으로 다가오는 기척을, 여전히 묘하게 밝아진 귀로 감지하고, 몸을 숙였다.

순간, 프레드릭의 무릎이 균형을 잃고 앞으로 넘어버렸지만 그게 오히려 다행이라고나 할까, 올빼미 한 마리가 바로 머리 위로 지나갔다.

하지만 그 뒤를 따라온 두 번째 이후는 명확하게 프레드릭 주위에 체공했고, 덮쳐왔다.

"크윽…… 젠장! 이거 놔!"

재빨리 머리를 감싼 왼팔을 올빼미 한 마리가 움켜쥐었다.

마치 엄청난 힘으로 쥐어 터트리려는 것 같은 압력. 이대로 공중으로 끌려가면 조금 전의 희생자들과 똑같은 꼴이 된다.

프레드릭은 재빨리 오른손에 든 쇠지렛대로 왼팔을 잡은 올빼미를 후려쳤다.

삐걱, 하는 짐승의 비명소리가 터져 나오고 풀려난 왼팔.

그리고 뒤이어서 날아온 올빼미를, 바로 또 한 번 휘둘러서 쫓아냈다.

또 다가오는 바람 가르는 소리를 듣고 타이밍을 맞춰서, 프레드릭은 쇠지렛대로 있는 힘껏 위로 올려쳤다.

그 일격이 다음 올빼미를 멋지게 때렸지만, 그래도 올빼미들의 공격은 멈추지 않았다.

"으아아아아아아아아아아!"

두근.

거세게 뛰는 고동에 리듬을 맞추는 것처럼 또 한 발.

이어서 또 한 발. 프레드릭은 계속, 쇠지렛대를 붕붕 소리를 내며 휘둘러댔다.

콰직, 퍼억.

쇠지렛대가 몇 번, 올빼미를 때렸다.

그 반동에서 말로 표현할 수 없는 상쾌한 기분을 느꼈지만……

―이런 엉터리 같은 배팅 센터가 세상 어디에 있냐고!

결국, 숫자 앞에서는 어쩔 수가 없다.

하지만 저항할 의지를 잃으면 그 순간에 끝장이다.

"크억……."

활공하는 올빼미의 발톱에 아까 사냥개한테 물렸던 왼쪽 어깨가 찢어졌지만, 그래도 프레드릭은 멈추지 않았다.

이런 데서 죽을 수는 없다. 죽고 싶지 않다. 그런 생각에 떠밀려, 프레드릭은 미친듯이 쇠지렛대를 휘둘렀다.

아까 때린 올빼미 쪽을 봤더니, 날개가 부러진 채로 바닥에 떨어져서 움찔거리고 있었다.

―해치울 수…… 있나?

그렇게 인식한 순간. 두근, 두근, 더 거세지는 고동. 그것에 이끌린 것처럼 살겠다는 의지도 더욱 강해졌고.

―전부 해치우면…… 살 수 있어!

어느새 프레드릭은 그런 엄청난 생각을 하고 있었다.

솟아오르는 파괴 충동. 쇠지렛대를 휘두르면서 울음소리와 날개 펄럭이는 소리를 세밀하게 구분하고, 머릿속으로는 해치워야 할 올빼미의 숫자를 세고 있다.

아직 일곱 마리나 남아 있지만 신기하게도 별 문제가 아니라는 생각이 들었다. 오히려 올빼미를 해치우는 중에 프레드릭의 얼굴은 엉뚱하게도, 자기도 모르는 사이에 웃음기를 띠기 시작했다.

하지만, 갑자기 뒤쪽에서 고함소리가 들려온 순간.

"좋았어! 문이 움직인다!"

"뭐 하는 거야 빨리 닫아!"

"하고 있어! 젠장, 무겁잖아! 보지만 말고 도와줘!"

─?! 내, 내가, 대체 무슨 생각을…….

찬물을 뒤집어쓴 것처럼, 순식간에 제정신으로 돌아왔다.

"프레드릭! 빨리!"

비디아의 목소리에 고개를 돌려보니, 사람들 몇 명이 힘을 합쳐서 엘리베이터의 두터운 문을 닫으려 하고 있었다.

버려진다. 그런 공포감이 다시 고개를 쳐들었고, 후회가 밀려왔다.

올빼미를 해치우면서 엘리베이터 쪽으로 갔으면 됐을 텐데, 왜 발을 멈췄던 걸까.

왜 저 괴물 같은 올빼미들을 전부 해치우려고 했던 걸까.

─정말 바보라니까! 해치울 수 있을 리가 없는데!

자기 자신을 이해할 수가 없었다. 하지만 지금 간신히 살아남아서 열어놓은 활로가, 바로 지금 눈앞에서 닫히려 하고 있는 것은 틀림없는 사실이었다.

─젠장! 빨리! 빨리! 제발!

프레드릭은 쇠지렛대를 집어던지고 엘리베이터를 향해 뛰어갔다!

계속 들여오는 바람 가르는 소리. 괴수 같은 올빼미의 울음소리.

올빼미의 발톱에 맞았는지 프레드릭의 등에서 천 찢어지는 소리가 났고, 뜨거운 줄기가 그러졌다.

하지만, 이번엔 발을 멈추지 않았다.

"이 바보야, 끌고 오지 마!"

"이러다 들어오겠는데?! 빨리 닫아!"

엘리베이터 안에 있는 사람들이 겁을 먹고 거절하는 뜻을 보였지만, 원망할 틈도 없었다.

프레드릭은 이를 악물고 등의 아픔을 참아내며 있는 힘껏 뛰었다. 닫히려는 엘리베이터 문 틈새로, 아슬아슬하게 한 손을 집어넣었다.

"으아아아아아아아아아!"

외치면서 발휘한 힘을, 정말 위기 상황에서의 초인적인 힘이라고 해야 할까.

다른 사람들 몇 명이 덤벼서도 닫지 못했던 문을 프레드릭 혼자서, 그것도 한 손으로 억지로 열었다. 그리고는 엘리베이터 안으로 뛰어 들어갔다.

그 기세에 문을 닫으려던 사람들이 튕겨져 나갔지만, 신경 쓸 때가 아니다. 이대로 프레드릭을 따라서 올빼미까지 들어오게 되면 전부 저승길 길동무가 되고 만다.

프레드릭은 재빨리 몸을 돌려서, 이번에는 안쪽에서 엘리베이터 문에 손을 댔다.

다시 한 번, 있는 힘껏 소리쳤다.

조금 전에 문을 열었던 것과 같은 힘으로 힘차게, 무거운 문을 완전히 닫았다.

그 직후, 문 바깥쪽에서 날카로운 소리가 울렸다.

만약 저것 때문에 이 문이 깨지기라도 한다면—다들 같은 생각인 걸까, 엘리베이터 안에 감도는 긴장감. 사람들의 거친 숨소리가 울린다.

하지만 결국 올빼미들이 포기한 건지 그 소리는 몇 번인가 울리다가 결국 그쳤고, 잠시 침묵이 흘렀다가 모든 사람들이 한숨을 쉬었다.

—살았…다…….

프레드릭도 엘리베이터 문에 등을 댄 채로 미끄러지는 것처럼 주저앉았다.

원래 당연하게 느껴져야 할 엘리베이터 안의 조명에 크게 안심하는 기분이 들었다.

문득 고개를 들어보니 엘리베이터 안의 조명에 비친 사람들은 프레드릭까지 여덟 명. 각자가 원망과 미안하다는 감정이 뒤섞인 시선으로 프레드릭을 보고 있다.

노골적으로 버리려던 남자가 살아남았다. 어쩔 수 없는 일이겠지.

"……너무 그런 표정 짓지 말라고. 나도 죽기 싫으니까."

사람들의 마음을 배려해서, 프레드릭은 굳이 농담조로 말했다.

"아무튼 댁들이 운동부족이라 내가 살았어. 그렇게 해두자고."

"그, 그래…… 그렇게 말해주면 고맙군……."

그렇게 말하는 더스틴의 시선은 흘끗흘끗, 프레드릭의 머리 위를 보고 있었다.

프레드릭은 무슨 일인가 싶어서 고개를 들어봤고, 그제야 알아차렸다.

지금 그가 등을 대고 있는 엘리베이터 문에, 눈을 돌리고 싶을 정도로 많은 피가 묻어 있었다.

"하하…… 이건 웃을 수도 없네."

뛰어오는 중에 올빼미한테 긁혀서 입은 등의 상처가 생각보다 깊은 것 같다.

결과적으로 살아남았지만 이 정도면 과다출혈. 보통은 살아남을 리가 없는 일이다.

"솔직히…… 자네가 올빼미들을 붙잡아주지 않았다면 우리도 살아남지 못했겠지. 버리려고 해놓고 할 말은 아니지만…… 미안하네."

사지가 그렇게 말하며 살짝 고개를 숙이자, 다른 사람들도 따라했다.

하지만 만약 반대 입장이었다면 프레드릭도 이 사람들처럼 버리려고 했을 테니, 그들을 나무랄 생각은 들지 않았다.

프레드릭에게는 그만큼 여유가 있었다.

사냥개에 이어서 올빼미까지, 두 번이나 공격당한 왼쪽 어깨의 환부…… 찢어지고 피로 물든 흰 사운 사이로 이미 말끔해진 살갗이 보인다.

"정신 바짝 차려. 일단 응급처치만이라도……."

일단 살아남기는 했지만 이대로 두면 머지않아 죽고 만다. 사지 일행이 그렇게 판단한 것도 당연한 일이다.

하지만, 자신의 왼쪽 어깨를 본 프레드릭과 이미 조금 전에 경험해서 알고 있는 비디아는 달랐다.

"프레드릭, 일단…… 등 좀 보여줄래?"

"그래……."

바닥에 앉은 채, 프레드릭은 비디아에게 등을 보였다.

약간 아파서 자기도 모르게 얼굴을 찌푸렸지만 격통이라고 할 정도는 아니었다.

"……정말 믿을 수가 없네."

"일단 물어보겠는데, 어떻게 됐지?"

"느리기는 하지만, 아물기 시작했어. 마치 녹화한 영상을 거꾸로 돌리는 것처럼."

"그런…가……."

원래 죽어도 이상하지 않을 상처를 입고도 살아남았다는 건 기쁜 일이지만, 보통 사람이라고 믿었던 자신에게 일어난 이변을 받아들이기 힘들었다.

—내 몸이 대체 어떻게 된 거지. 어째서 이런 괴물 같은 꼴이 된 거야?

치명상이 자동으로 아물어 버리는 말도 안 되는 일은 픽션 속에서나 일어나는 일이다. 이런 일이 가능하다면 애당초 이 지하 연구소 자체가 필요 없다. 차세대 의료 개발이라는 것에 관여하고 있었기 때문에, 과학자인 프레드릭은 이것이 얼마나 말도 안 되는 일인지 잘 알 수 있었다.

하지만 실제로 프레드릭은 두 번이나 치명상을 입었고, 그리고 그것이 없었던 일이 되려 하고 있다.

"아무리 생각해도 보통 일이 아니야. 밖에 나가면 제대로 된 곳에서 검사를 받아보자고."

"모르모트가 되는 건 질색이지만…… 뭐, 나간 다음에 생각해보자고."

프레드릭은 그렇게 중얼거리고 깊은 한숨을 쉬었다.

"잠깐만. 지금 그 얘기…… 어떻게 된 거야?"

주위에 있는 연구원들이 이상해하는 속에서, 사지가 나섰다.

"상처가 없어진다고? 말도 안 돼."

그리고 더스틴이 프레드릭의 등을 확인하고 눈살을 찌푸렸다.

"이, 이게 뭐야, 농담이지? 이건 말도 안 돼!"

"그래. 내 생각도 그쪽이랑 똑같아."

"프레드릭이 살 수 있다는…… 그런 얘기인가?"

"아니, 이건 이미 인간의 상상을 뛰어넘은 재생력이라고 할까……."

더스틴이 사지의 말에 보충 설명을 하는 중에, 프레드릭은 천천히 일어섰다.

다리의 힘도, 의식도 아무 문제없다. 그것은 평소와 전혀 다르지 않은 깔끔한 동작. 다른 점이라면 피로 물든 흰 가운 여기저기가 찢어져 있다는 정도.

"아직도 믿을 수 없지만…… 이 꼴이야. 내 몸이 뭔가 이상해진 것 같아."

프레드릭은 어깨를 으쓱거렸다.

그 때, 더스틴이 턱에 손을 대고 잠시 생각한 뒤에 말했다.

"프레드릭, 자네는 대체 누구지? 어떤 연구의 실험체인가?"

더스틴의 곤혹스러워하는 말투는, 아까 비디아가 물었을 때와 똑같았다.

"아쉽게도 평범한 과학자야. 어떻게 된 영문인지 기억은 조금 혼란스럽지만……."

"지금 놀리는 건가? 이상한 정도가 아니잖아! 이건 기적이야!"

"더스틴, 진정해. 누구든 그렇게 생각할 거야. 너무나 비상식적이고 있을 수 없는 일이니까."

사지가 냉정하게 더스틴을 달랬다.

"어느 정도 납득할 수 있게 설명해줬으면 싶은데 말이야…… 프레드릭, 기억이 혼란스럽다고 했는데 언제 부터의 기억이지? 자네 자신도 어째서 이렇게 됐는지 모르겠다는 건가?"

"그래. 기억은 대략 한 달 분이 날아간 것 같고, 조금 전에 겨우 눈을 떴어. 그 동안에 무슨 일이 있었겠지. 나도 가능하다면 설명하고 싶지만, 그게 안 돼서 곤란하거든."

프레드릭의 말에 연구원들이 곤혹스러워했다.

그 중에는 프레드릭의 말이 거짓말이라고 하려는 자도 있었지만, 사지가 손을 내밀어서 말렸다.

"……알았다. 그렇다면 지금 얘기해봤자 결론은 안 나오겠지. 여기서 탈출한 뒤에 생각해보자고. 다들 그러면 되겠지?"

대답할 수 없는 일을 추궁해봤자 소용없는 일이니, 프레드릭으로서도 고마운 판단이었다. 사지가 그렇게 말하자 엘리베이터 안에 있는 사람들은 각각 고개를 끄덕이고 알았다는 뜻을 밝혔다.

그것을 확인하고, 사지가 엘리베이터 천장을 가리켰다.

비상용 엘리베이터라서 그런지, 천장에는 수납고 같은 네모난 틀이 보였다.

"일단은 이거야. 누가 좀 받쳐줘. 저걸 열어야 하니까."

사지가 비상용 도끼를 손에 들고, 엎드린 사람의 등 위로 올라갔다.

퍽, 퍽. 도끼를 몇 번 휘두르자 탈출구 문이 벌어졌고, 사지가 그 틈으로 자루를 집어넣고 완전히 열어서 출구를 확보. 그대로 엎드려 있는 사람들의 등을 박차고 엘리베이터 밖으로 나갔다.

그리고 지붕 쪽에서 손을 내밀어서 한 사람, 또 한 사람씩 끌어올렸다.

"떨어지지 않게 조심하고."

프레드릭도 사지의 손을 잡고 올라갔는데, 엘리베이터 통로에는 비상등도 거의 없었고, 일단 엘리베이터 상자 안에서 빛을 체험한 직후다보니 그 어둠이 유난히 기분 나쁘고 불편하게 느껴졌다.

프레드릭의 연구실이 있는 이 층을 기준으로, 위 아래층 모두 최소한 10미터 이상의 고저차가 있다. 근처에 다른 엘리베이터는 없는 것 같으니, 만약 이 엘리베이터 위에서 발을 헛디디기라도 하면 살아남을 가망은 없을 것이다.

사지가 사람들을 끌어올리는 사이에, 프레드릭은 엘리베이터 안에서 흘러나오는 희미한 불빛에 의지해서 벽에 있는 사다리의 위치를 확인했다.

위아래로 뻗어있는 그 사다리를 끝까지 올라가면 탈출할 수 있다. 조금 전에 있었던 돌발적인 폭발이나 괴물 등등 불안 요소가 많기는 하지만, 지금은 그렇게 믿고 움직이는 수밖에 없다.

마침내 사람들을 전부 끌어올린 사지가 프레드릭에게 말했다.

"프레드릭, 자네한테 부탁하고 싶은데…… 괜찮겠나?"

"그래…… 어쩔 수 없지."

앞으로 무슨 일이 일어날지 모른다. 사람들이 두려워하고 탈출하고 싶어 하는 이 상황 속에서, 상처가 금세 낫는 초인이 같이 있다면 누구든 그렇게 판단하겠지.

최초의 펭귄. 즉 선두에 서서 방패가 되라는 뜻이다.

그것이 일행의 불안을 최대한 줄여줄 수 있는 방법이기도 했다. 프레드릭 자신도 조금 전에 엘리베이터 안에서 상처가 낫는다는 이야기를 한 시점에서, 이렇게 될 거라고 각오했었다.

그래서 말하기도 전에 알아서 사다리에 올라가기 시작했다.

만약 반대 입장이었다면 자신도 그렇게 부탁했을 테니까.

감마 섹션의 연구실에서, 갑자기 부저가 울렸다.

그것은 아리아가 잠들어 있는 냉동 수면 캡슐의 처치가 완료했다는 것을 알리는 소리.

동시에 아스카는 어딘가 포기한 표정으로 한숨을 쉬었다.

이 단계에 들어서면 냉동 수면 캡슐은 연구실에서 들어오는 전원에서 자체 내장 배터리를 통한 가동으로 전환되기에 캡슐을 다른 장소로 옮기는 것도 가능해진다.

예상대로 아스카에게 총을 겨눈 건장한 체격의 사내가 부저 소리를 듣자마자 확인했다.

"자. 이제 이 피험체를 옮겨도 되겠지?"

"그래……."

아스카가 사내에게 대답하자, 마찬가지로 무장을 한, 과학자스럽지 않은 남자들이 냉동수면 캡슐 쪽으로 모여들었다.

그들은 캡슐에 연결된 여러 개의 접속 단자를 재빨리 제거했고, 마침내 구령소리에 맞춰서 캡슐을 들어 올려서는 대형 짐수레 위에 실었다.

그리고 연구실 밖으로 끌고 나갔다.

그리고 남자가 총구로 아스카의 등을 찔렀다.

"닥터, 너도 이동해. 제6 특별 연구실로 간다."

"……특별 연구실?"

그 말을 들은 아스카는 의아하다는 듯이 물었다.

"지상이 아니라 섹션 가장 깊은 곳으로 간다고?"

이 지하 연구소에서 연구 성과를 가지고 나간다면 지상으로 나가야 할 텐데.

하지만 남자는 씩 웃고는 거만하게 말했다.

"닥터가 모르는 설비도 있거든. 자, 어서 가자고. 이 연구실하고는 작별이지만, 자네는 앞으로도 기어 세포 연구를 계속 해야 하니 말이지."

또 한 번 총구로 등을 찔렀다.

이번에는 아스카도 얌전히, 캡슐을 따라서 걸어갔다.

그렇게 감마 섹션의 복도를 이동하는 중에 배에서 꼬르륵 소리가 났고, 아스카는 자신의 손목시계를 봤다.

'12시 20분의 10분 전인가.'

평소 같으면 기분 전환하러 밖에 나가서 프레드릭, 마리아와 함께 시시한 이야기를 나누는 경우가 많았던 시간대.

하지만 그런 평온한 시간은 두 번 다시 돌아오지 않는다.

'그 뒤로 벌써 세 시간⋯⋯. 프레드릭, 너는 지금⋯⋯.'

아스카는 걸어가면서 천장을 올려다보고, 아쉬워하는 것처럼 친한 친구의 모습을 떠올렸다.

제3장 『희망』

　결과적으로 말해서, 사다리를 올라가는 행위는 헛수고였다.

　조금만 더 밝았다면 사전에 알아차렸을 수도 있었다.

　어둠 속에서, 선두에 서서 나아가던 프레드릭은 5층 정도 높이를 올라갔을 때부터 사다리가 부자연스럽고 국소적으로 틀어졌다는 것을 느끼기 시작했다. 그리고 그것이 현저하게 절망적인 상태라는 것을 일행에게 설명했다.

　"다들 멈춰. 여긴 틀렸어."

　프레드릭은 아래쪽을 보면서 말했다.

　어둠 속에서도 사다리 옆에 있는 그림자는 느낄 수 있다. 한쪽 손을 뻗어보니 거기엔 다른 엘리베이터 박스가 있었다. 단, 상당히 기울어진 상태로.

　"무슨 일인가, 프레드릭."

　아래쪽에서 사지의 목소리가 들려왔다.

　"사다리라고 할까, 통로 자체가 막혀 있어."

　아까 몇 번인가 일어났던 폭발 때문일까. 비스듬하게 기울어진 옆에 있는 엘리베이터 위에는 날카로운 콘크리트 파편들이 잔뜩 쌓여 있었고, 어떤 의미에서 보면 기적적으로 균형을 유지하고 있었다.

사다리는 그 파편에 삼켜진 모양으로 끊어져 있었다. 종착점이 되어야 할 천장의 파편에는 틈새도 보이지 않아서, 최소한 현재 상황에서는 더 이상 올라갈 수가 없었다.

"이럴 수가, 기껏 여기까지 올라왔는데……."

"거짓말은 아니겠지?"

"어떻게 힘으로 열 수는 없나?"

아래쪽에 있는 사람들이 투덜대는 소리가 들려왔다.

거짓말을 해봤자 프레드릭에게는 전혀 득될 것이 없는데, 이 이상한 상황과 사람들의 불신감을 고려해보면 이해할 수 있는 일이다.

"잘못 건드리면 파편이 비처럼 쏟아질 거야. 그래도 좋다면 해볼까?"

프레드릭은 한숨을 쉬면서 말했다.

"잠깐만, 나도 확인해보지. 프레드릭, 조금만 오른쪽으로 비켜줘."

프레드릭은 사지가 말한 대로 사다리 오른쪽으로 비켜줬다.

바로 사지가 위로 올라왔고, 조금 전에 프레드릭이 했던 것처럼 위쪽과 왼쪽으로 손을 뻗어서 상황을 확인했다.

"그쪽에 옆 엘리베이터 박스가 있어. 상당히 기울어지기는 했지만, 그게 파편을 막아주고 있겠지."

"그렇군, 이건 도저히 안 되겠군."

"일단 내려가는 수밖에 없겠어."

"동감이야. 여기에 충격을 주는 건 너무 위험해."

사지가 프레드릭에게 동의하자 사람들에게서 또다시 불만이 흘러나왔다.

"내려간다고? 내려가서 어쩌게? 탈출할 수 없잖아……."

"기껏 올빼미한테서 도망쳤는데, 사면초가인가…… 젠장."

"다들 마음은 알겠지만, 이건 어쩔 수 없는 일이야."

그 때, 이번에는 제일 마지막에 있는 비디아의 목소리가 들려왔다.

"저기, 중간에 사람이 들어갈 수 있을 것 같던 덕트가 있었는데, 거기로 해서 다른 길로 가보면 어떨까?"

"사다리에서 점프하자고? 농담은 그만두라고."

프레드릭은 자기도 모르게 쓴웃음을 지었다. 영화라면 모를까, 현실에서 그런 일이 쉽사리 될 리가 없다.

그 덕트의 존재는 프레드릭도 파악했지만, 사다리에서 꽤 떨어진데다 창살 모양 커버까지 끼워져 있었다. 그냥 뛰기만 해서 들어갈 수는 없으니, 일단 커버를 벗기거나 부숴야 한다. 사다리에 매달린 상태에서 몸을 뻗어서 그것을 벗기거나 부수는 것은 상당히 위험한 일이다.

"하지만 탈출을 포기하는 것보다는 낫지 않아? 위험하더라도 조금이나마 탈출할 가능성이 있다면……."

"아, 그렇다면 차라리 제일 아래까지 내려가 볼까?"

비디아의 말을 자르고, 중간에 있는 더스틴이 말했다.

"그보다는 덕트로 들어가는 게 안전할 것 같은데."

"제일 아래? 더스틴, 무슨 뜻이지?"

프레드릭이 묻자, 더스틴의 힘들어하는 목소리가 대답

했다.

"그러니까, 내려가면서 설명해도 될까? 솔직히 이렇게 멈춰 있으니까 손이 너무 아파서…… 움직이지 않으면 힘들거든."

"……알았어 더스틴. 다들 일단 아까 엘리베이터까지 내려가자고."

사지가 말하자, 사람들은 지금까지 올라온 사다리를 다리 내려가기 시작했다.

내려가면서 더스틴이 말했다.

"간단히 말하자면, 감마 섹션 제일 깊은 곳에 있는 특별 연구실에는 탈출정이 있어. 바로 지금 같은 때, 기밀 연구를 챙겨서 나가기 위한 게 말이지."

"하지만 연구소 전체의 전원이 나간 상태잖아? 그게 움직일까?"

"감마 섹션의 전원은 연구소 전체와 독립돼 있고, 탈출정 주변은 완전 자립 시스템이니까 괜찮을 거야."

"그러면 처음부터 말을 하지……."

"그래, 왜 지금까지 말을 안 했어!"

"너무 그러지 말라고, 나도 무사히 탈출 할 수 있으면 그만이라고 생각했으니까."

사람들이 추궁하자, 더스틴이 곤혹스러워하면서 계속 말했다.

"감마 섹션 중에서도 특별 연구실에서 일하는 사람에게는 제일 엄한 기밀 유지 의무가 있단 말이야. 하지만 이런 상황에서까지 지킬 필요는 없겠지. 일이 이렇게까지 됐으니, 아마 탈출정도 전부 다 나가버렸을 테고…….”

“그러면 의미가 없잖아요!”

“탈출정용 터널을 따라서 걸어가면 언젠가는 밖으로 나갈 수 있을 것 같거든. 그쪽 전원이 살아있기만 하면, 내 ID로 제2 특별 연구실까지는 갈 수 있고.”

—그렇군…….

프레드릭은 그 이야기를 듣고 묘하게 납득했다.

실제로 조금 전에 봤던 더스틴의 ID카드는 틀림없이 아리아나 아스카와 같은 감마 섹션의 것이었다. 그리고 그쪽 전원 계통이 이 베타 섹션과 별개로 되어 있다면, 섹션 인접부까지만 가면 그의 ID로 들어갈 수 있을 가능성이 크다.

아리아와 아스카도 연구의 자세한 내용을 프레드릭에게 밝히지 못하는, 기밀 연구들만을 취급하는 감마 섹션. 그 중에서도 정보 관리가 가장 엄중하다고 하는 가장 깊은 곳에 있는 특별 연구실의 존재는, 두 사람으로부터 소문 정도로 들어본 적이 있었다.

거기에 정말로 탈출정이라는 것이 존재한다면, 실제로 어느 정도 피난용으로도 쓸 수 있겠지. 그리고 두 사람이 관여한 『GEAR 프로젝트』는 이 지하 연구소에서도 나름대로 중요한 것일 테고. 그렇다면 아리아와 아스카는…….

—그쪽으로 탈출했다고 생각하고 싶어지는군.

그러는 사이에, 일행은 처음 출발한 엘리베이터 박스 위로 돌아왔다.

박스 안에서 흘러나오는 비상 전원의 불빛이 어둠이라는 공포를 일시적으로 풀어줬다.

　"으아, 벌써 손에 물집이…… 되게 아프네. 이건 과학자가 할 짓이 아냐."

　더스틴이 손을 흔들었다.

　주위를 보니 다른 사람들도 마찬가지였다. 사다리를 올라갔다 내려왔을 뿐인데 숨을 헐떡이는 사람까지 있다.

　애당초 평소에 운동 따위와는 담을 쌓고 살던 연구원들이다. 이런 이상한 상황에 내던져졌으니 당연한 일이겠지.

　하지만 그런 와중에서도 비디아와 사지만은 태연했다.

　그것이 묘하게 마음에 걸렸다.

　"죽으면 상처도 뭣도 없어. 하다못해 일단 안전한 곳에 도착할 때까지만 참아보라고."

　"나도 알아……. 프레드릭이 부럽네."

　사지의 말을 들은 더스틴이 이쪽을 쳐다봤다.

　"너무 그러지 말라고. 솔직히 나도 영문을 알 수 없어서 곤란한 상태야."

　"아, 미안하네. 자네를 보고 있으면 자꾸만 바보 같은 생각이 들어서 말이야. 상처의 순간 재생을 실현할 수 있다면, 차세대 의료 연구 따위는 필요 없는 짓이잖아."

　"……난 초인이 아니라고."

　"하지만 관심이 가는 건 사실이니까. 무사히 탈출하면 꼭 검사하게 해줘. 구석구석."

　"그런 얘기는 탈출한 뒤에나 해."

프레드릭은 그렇게 말하고 다시 사다리에 매달렸다.

진행 방향이 위에서 아래로 바뀌었지만, 그래도 자신이 선두에 서야겠지.

"제일 아래까지 내려가면 되지?"

"그래. 구조상 베타 섹션 제일 아래층이 감마 섹션의 중앙층 정도일 테니까. 내려갈 수 있는 데까지 가자고. 다들 그러면 되겠지?"

사지가 그렇게 말하자 사람들이 알았다고 대답했다.

"이 어둠 속에서 내려가야 해. 손을 밟아서 사고라도 나면 큰일이니까, 다들 간격에 신경 쓰라고."

그렇게 말하고, 프레드릭은 사다리를 타고 내려가기 시작했다.

어두운 엘리베이터 통로에 울리는 사다리 내려가는 발소리. 점점 숫자가 늘어난 그 소리는, 앞서가는 프레드릭이 세 층 정도 높이를 내려갔을 때쯤에 여덟 명 전원의 소리가 들리게 됐다.

―지상으로 가려고 했는데 말이야.

탈출하면서 올라가는 게 아니라 내려가는 것은 너무나 이상한 감각이었다. 통로 안이 너무 어두운 탓에 나락으로 뛰어드는 것 같은 기분까지 들었다.

하지만 영원히 계속될 것 같던 그 이동의 끝은 생각보다 빨리 찾아왔다.

―뭐지……?

제일 아래층까지 앞으로 다섯 층 정도는 남았다고 생각했던 발이, 일정한 간격인 사다리 가로대가 아니라 다른 어떤 것, 확실하게 딱딱한 것에 닿았다.

"잠깐 멈춰봐."

프레드릭은 그렇게 말하고, 그것을 발로 몇 번 밟아봤다.

—발 디딜 곳이…… 있는데?

경계하면서 확인해보니 거기에는 분명히 바닥이 있었다.

—좀 울퉁불퉁하기는 한데, 이건…… 파편인가?

프레드릭이 지금까지 느낌 폭발을 생각해보면, 눈 뜨기 전에 있었던 최초의 한 번은 몰라도 막 눈을 떴을 때의 한 번과, 조금 전에 엘리베이터 앞에 있었던 흔들림은 전부 아래쪽에서 일어난 것이었다.

그렇다면 이것도 위쪽과 마찬가지로 폭발의 여파인 걸까.

아니, 위쪽에 파편이 그만큼이나 있었다. 그렇다면 이건 오히려 위쪽이 그렇게 됐을 때 떨어진 대량의 파편 때문에 아래쪽이 막혔다고 봐야 할까.

프레드릭이 그런 생각을 하고 있는데, 위쪽에서 사지의 목소리가 들려왔다.

"왜 그래? 아래쪽도 어떻게 됐나?"

"그래, 파편이 쌓여 있어. 아래로 갈 수는 없을 것 같은데…… 전부 내려오면 위험할 지도 모르니까, 확인할 때까지 잠깐만 기다려봐."

프레드릭은 사다리를 잡은 채로 두 발에 체중을 실어봤지만, 바닥의 파편들은 단단히 쌓여 있는 것인지 꿈쩍도 하지 않았다.

─괜찮을……까?

하지만 만약 체중을 완전히 실었을 때 바닥이 무너진다면?

아래쪽이 보이지 않는 만큼, 통로 위쪽처럼 기적적인 균형을 유지하고 있는 상태라면, 바닥이 가라앉을 가능성도 부정할 수 없었다.

그런 공포에 시달리며, 프레드릭이 고민하고 있는데…….

"영차."

"?! 이봐!"

바로 위에 있던 비디아가 갑자기 점프했고, 통로를 막고 있는 파편 위로 뛰어내렸다.

프레드릭이 발을 얹고 있는 가로대를 붙잡으며.

"음…… 괜찮네. 이 정도라면 앞으로 두세 명은 괜찮겠어."

게다가 비디아는 그대로 폴짝폴짝 뛰면서 바닥의 상태를 확인했다.

"정말이지…… 배짱도 두둑하네."

"당신이 걱정이 너무 많은 거야. 때로는 결단도 필요하다고."

"신중하다고 해줘. 괜찮았으니 다행이지, 왜 그런 무모한 짓을."

"내 체중이 제일 가볍잖아. 자, 프레드릭도 내려와 보지 그래?"

"그쪽 체중만큼 난이도가 올라갔는데……."

프레드릭은 그렇게 말하면서 천천히 파편 위에 체중을 실었고, 두 발을 디디고 섰다.

아무래도 파편 바닥은 상당히 안정된 것 같았다.

프레드릭의 묘하게 예민한 청각에 파편이 후두둑하고 떨어지는 소리가 들리는 걸 보면 아래쪽은 텅 비어있을 것 같지만, 붕괴의 조짐이라고 할 정도는 아니다.

"괜찮은 것…… 같네."

그렇게 안도의 한숨.

하지만 여기에 여덟 명 전원이 체중이 실려도 괜찮을지는 아직 모른다.

"덕트를 찾아보자. 프레드릭은 그쪽을 부탁해."

비디아가 발밑을 조심하면서 통로 벽 쪽으로 갔다.

그리고 딱 사람이 들어갈 수 있을만한 덕트가, 계단 모양으로 쌓인 파편 위의 딱 적당한 높이에 있었다.

물론 그 덕트에는 창살 모양의 뚜껑이 달려 있지만, 제대로 된 발판이 있으면 부술 수 있을 것이다. 그리고 부수기만 하면 들어갈 수 있다.

하지만 아쉽게도 프레드릭도 비디아도 맨손이었다.

"여기 덕트가 있어. 누구 도끼나 쇠지렛대……."

"오케이, 내가 하지."

뒤쪽에서 목소리가 들려오자 프레드릭은 움찔하고 놀랐다.

어느새 사지까지 프레드릭이나 비디아처럼 파편 위에 서 있었다.

"난 떨어트려줄 거라고 생각했는데."

"그건 너무 위험하잖아? 그리고……."

사지는 프레드릭과 교대하는 것처럼 덕트 앞으로 가서는 작은 소리로 말했다.

"어쩔 수 없는 일이기는 하지만, 계속 자네한테 맡기기만 하는 것도 미안한 기분이 들어서."

"······이제 와서 무슨 소리야."

"나도 고집이라는 게 있다고. 남자니까."

사지는 그렇게 말하고, 손에 들고 있던 비상용 도끼로 덕트를 힘차게 내리쳤다.

"통로 안에 울리는, 금속이 부딪치는 날카로운 소리. 사지는 두 번째에 정확히 위쪽 고정쇠를 부쉈고, 벽과 창살 사이에 도끼날을 쑤셔 넣었다.

그리고 도끼를 빙글 돌렸다. 일그러진 창살을 발로 눌러서 내리고, 마지막으로 도끼를 두 번 더 휘둘러서 완전히 떼어냈다.

그 뒤에 사지는 덕트 안을 들여다봤다.

프레드릭도 같이 들여다보니, 덕트 안쪽에서 빨간색 비상등 불빛이 보였다.

어딘가의 방과 이어져 있다는 뜻이겠지.

—저쪽에 아무것도 없으면 좋을 텐데. 자, 대체 뭐가 나오려나. 정말이지 손해 보는 역할을 맡게 됐다니까.

지금까지의 상황을 생각해보면 이 앞에도 뭔가 괴물이 있을지도 모른다. 그런 가능성이 있는 이상 역시 프레드릭 자신이 가야겠다고 생각했는데.

"상황을 보고 오지. 프레드릭 자네는 사람들 유도를 부탁하네."

"뭐? 그, 그래······."

의외로 사지가 솔선해서, 도끼를 든 채로 몸을 굽히고는 포복 자세로 어두운 덕트 안으로 들어갔다.

"배짱 좋은 사람이 하나 더 있었나보네."

예상 밖의 일에 멍하니 있던 프레드릭에게, 비디아가 씁쓸하게 웃으며 말했다.

"글쎄······. 그냥 무모한 건지도 모르지."

"내가 가야 했다고 생각하는 거야?"

"설마. 대신 할 사람이 있다면 그게 제일이지."

프레드릭은 어깨를 으쓱거리고, 덕트 안에서 멀어져가는 사지의 발을 바라봤다.

조금 지나, 사지가 출구 쪽 창살을 확인하는 건지 깡, 깡 소리가 들려왔다. 그리고 철커덩, 창살이 떨어지는 소리가 울렸다.

"이건······ 트레이닝 룸이군. 특별한 건 없는 것 같은데······ 확인해보지."

덕트 저편에서 울리는 사지의 목소리.

이어서 들린 털썩, 하는 소리는 사지가 덕트에서 바닥으로 내려간 소리겠지.

"흐응······ 그럼 나도 보고 올까. 왠지 안 좋은 예감도 들고."

"안 좋은 예감······?"

"여자의 감이라고나 할까. 프레드릭, 뒤에 있는 사람들도 불러줄래?"

프레드릭은 그 말의 의미는 알 수 없었지만, 비디아는 그렇게 말한 뒤에 몸을 굽히고 덕트 안으로 들어가 버렸다.

어쨌거나 사지와 비디아가 덕트 안으로 들어가면서, 이 파편 바닥이 허용할 수 있는 무게가 줄어든 것은 사실이다.

"이봐, 이제 내려가도 될까? 슬슬 손이 말이야⋯⋯."

위에서 들려온 더스틴의 목소리에, 프레드릭은 씁쓸하게 웃으면서 대답했다.

"그래. 일단 두 사람 까지는 괜찮을 것 같으니까 순서대로⋯⋯?!"

하지만 말하는 사이에, 프레드릭의 청각이 뭔가를 느꼈다.

세로로 긴 통로를 올려다봤다.

아주 작지만, 느낀, 저 멀리 위쪽의 이변.

그것은 멀리서 금속이 삐걱거리는 소리. 아니, 그 이전에, 이 약간의 흔들림은⋯⋯.

―폭발?!

저 막혀 있던 통로 위쪽. 그것보다 더 위쪽에서.

갑자기 삐걱거린 금속의 소리는 상태가 달라지려는 것을 의미한다.

"빨리 내려와!"

프레드릭은 바로 뒤따라오는 사람들에게 소리쳤다.

왜냐하면, 위쪽에서 들린 이상한 소리가 의미하는 것은⋯⋯.

"쏟아진다!!"

붕괴다.

"자, 잠깐, 프레드릭?! 내려왔는데, 어디야?!"

"이쪽이야! 소리 나는 쪽으로 와!"

그것은 주위가 어두운 상황에서의 유도. 프레드릭은 조금 전에 사지가 부순 덕트 창살문을 집어 들고 그것으로 벽을 때리면서 소리를 냈다.

"이쪽? 그러니까…… 어, 어라?!"

가까이 다가온 더스틴의 어깨를 움켜쥐고 난폭하게 덕트 안으로 던져 넣었다.

"빨리 가! 길 막히지 않게!"

금속 삐걱거리는 소리에 이어 콘크리트 갈라지는 소리.

봇물이 터진 것처럼, 머리 위에서 붕괴의 굉음이 울린다. 뚝, 엘리베이터 박스를 지탱하는 와이어가 끊어지는 소리까지 들렸다.

즉, 위쪽에 걸려 있던 것들이 전부 쏟아진다는 것.

초 단위로 대응해야하는 상황. 일 초의 여유도 없다.

"서둘러! 빨리!"

한 사람, 또 한 사람. 프레드릭은 다음 연구원도, 그리고 다음 사람도 더스틴처럼 덕트 안으로 던져 넣었다.

—앞으로…… 둘!

생각한 순간, 제일 먼저 떨어진 파편이 굉음과 함께 바닥을 때렸다.

그것은 위로 올라갔을 때, 비스듬하게 걸려 있던 엘리베이터 박스였다.

안 그래도 상당히 무거워 보이는 그 박스는 낙하 속도까지 붙은 탓인지, 단번에 바닥을 뚫어버렸고…….

　—젠…… 장!

　균형이 무너진다. 바닥 자체가 밑으로 떨어진다.

　더 이상 서 있을 수 없게 된 프레드릭은 재빨리 하반신을 덕트 안으로 집어넣었다.

　이러면 자신은 살 수 있다. 하지만, 그래도.

　—이거 내 스타일은 아니지만…!

　두근.

　거세게 뛴 심장 고동에 떠밀려서, 프레드릭은 바로 덕트 밖으로 손을 내밀었다.

　"잡아!"

　"으, 어어어어억?!"

　바로 옆에 있던 사람의 손을 붙잡았지만, 그것은 벼랑에서 사람 하나를 간신히 붙잡고 있는 상태였고.

　그렇게 되면 당연히 마지막 사람은 어떻게 할 수가 없다.

　"자, 잠깐만…… 으아아아아아아아아아악?!"

　멀어져가는 비명소리를 듣고, 프레드릭은 이를 악물었다.

　계속 울리는 굉음. 콘크리트와 금속 등등이 충돌하는 소리와 함께, 조금 전까지 서 있던 바닥이 완전히 무너졌다.

　운이 좋았던 것인지, 덕트 밖으로 몸을 내밀고 있는 프레드릭에게 떨어진 파편은 없었지만.

　—만약, 내가…….

　사람들에게 바로 내려오라고 했다면. 아니면 너무 신중하게 행동하지 않았다면. 그리고 조금만 더 일찍 움직였다면 전부 살 수 있지 않았을까. 프레드릭은 그런 생각을 하지 않을 수가 없었다.

　그리고 마지막으로 떨어진 파편. 조금 전에 잠깐 틀어박혀 있었던 엘리베이터 박스가 안쪽의 불빛을 흘리면서 내려오는 그 모습이 마치 희망이 뭉개지는 것 같은 느낌을 줬고, 프레드릭의 마음에 형용할 수 없는 그림자를 드리웠다.

　하지만, 그래도…….

　"노, 놓지 마! 절대로 놓지 말라고! 제발!"

　"소리 지를 여유가 있으면 힘을 내라고!"

　아슬아슬하게 구한 목숨 하나가, 분명히 거기에 존재했다.

　"당길 테니까 올라와! 알았지! 3, 2, 1!"

　희생은 어쩔 수 없었다. 하지만, 이번엔 자신의 의지로 버리지는 않았다.

　그렇게 생각할 수 있는 것은, 그럴 수 있는 것은, 프레드릭에게는 구원이라고 할 수 있었다.

　겨우 팔 하나로, 그 팔에 매달린 사람의 온 체중을 간단히 지탱하고 있는 자신의 몸이 너무나 이상한 상태라고 해도.

　지금 이렇게 사람을 구한 것을 보면, 아직 사람의 마음은 잃지 않았을 테니까.

◆　　◆　　◆

　사지가 안전하다고 확인한 덕트 너머는 스포츠 짐 같은 구역이었다.

워킹 머신 손잡이를 손가락으로 문질러보니 거슬거슬한 감촉. 먼지가 쌓인 운동기구들이 그곳이 거의 사용한 적이 없다는 사실을 말해주고 있었다.

그런데 이렇게 휴식 장소로 활용하게 되다니, 약간 얄궂은 기분도 들었다.

짐에 있는 앞면이 투명한 자판기를 도끼로 부수고 꺼낸 생수는 그야말로 생명수라고 표현해야 할 정도로, 계속된 긴장 때문에 메말라 있던 몸속 구석구석까지 스며들었다.

—이게 살아 있다는 실감인가…….

하지만 물과 같이 떠내서 나눠준 간이 영양식에는 손이 가지 않았다.

의문의 폭발부터 시작해서 사냥개와 올빼미, 그리고 엘리베이터 통로와 계속된 이상사태. 게다가 의도치 않게 보게 돼버린 대량의 사람 피. 그리고 사람의 죽음이라는 경험.

그런 것들을 생각해보니 식욕이 들지 않았다.

—먹어봤자 바로 토하겠지.

프레드릭은 손에 든 간이 영양식을 보면서 한숨을 쉬었다.

"억지로라도 먹어두는 게 좋을 텐데? 앞으로 무슨 일이 있을지 모르니까."

비디아가 간이 영양식을 베어 물면서 프레드릭 곁으로 다가왔다.

"정말 씩씩하네."

"사람은 극한 상태일수록 시험받는 법이야. 난 삶을 포기하고 싶지 않을 뿐이고."

프레드릭은 자기도 모르게 쓴웃음을 지었다.

"그걸 솔직하게 말하는 시점에서 이상한 게 아닌가."

"힘들어하는 건 프레드릭 혼자뿐일 수도 있거든? 당황했을 때는 몰라도, 이렇게 일단 진정되고나면, 과학자들도 의외로 씩씩한 법이야."

비이다의 말을 듣고 주위를 둘러보니, 사람들이 쉬는 동안 바깥쪽 상황까지 둘러보고 온 것 같은 사지가 방 안으로 들어오고 있었다.

사냥개나 올빼미 같은 괴물이 있을지도 모르는데 솔선해서 주위까지 둘러보고 오다니, 정말 씩씩하다고 해야겠지.

상황적으로 그런 일들은 프레드릭에게 떠넘겨야 할 것들인데, 엘리베이터 통로 때부터 사지가 묘하게 적극적으로 변한 것 같은 기분이 든다.

그리고 더스틴과 다른 사람들도 뭔가 진지하게 의논하는 분위기고…….

"아, 프레드릭. 잠깐 확인 좀 해도 될까?"

그 쪽을 쳐다봤더니, 마침 더스틴이 말을 걸어왔다.

"어쩌다 일이 이렇게 됐는지 여러모로 가능성을 생각해봤는데…… 자네, 어떤 계획 담당이었나?"

"나 말야? 일단은 『GEAR 프로젝트』의 말단이었는데…….."

프레드릭이 대답하자 연구원들이 '역시나' 등의 말을 중얼거리며 고개를 끄덕였다.

그들의 시선이 왠지 불편하다.

"더스틴, 왜 그런 걸 물었지?"

"모종의 테러가 벌어졌다 치고, 그들이 노리는 것이라면 역시나 기어 세포일 것 같아서."

"기어 세포를…… 노린다고? 왜 그렇게 생각했지."

"그야, 자네가 기어 세포 덕분에 상처가 낫는다고 생각하면 납득할 수 있으니까. 혹시 말이야, 자기 몸으로 인체실험이라도 한 것 아냐?"

"……그럴 리가 없잖아."

인체 실험은 연구 성과 말기에 행하는 것. 그 이전 단계에서는 당연히 쥐 등의 동물로 실험을 거듭한다. 프레드릭이 알고 있는 한, 아스카와 아리아가 중심에 있는 『GEAR 프로젝트』는 아직 인체에 실험할 단계까지 도달하지 못했을 것이다.

하지만 더스틴은 계속해서 말했다.

"하지만 자네의 상태를 보고, 그게 아닌가 싶었거든."

"……망상이 너무 과한 것 아닌가?"

자신에게 기어 세포를 이식한 기억도 이싱 당한 기억도 없지만, 만약 그렇다고 해도 지금의 프레드릭처럼 순식간에 상처가 나을 리가 없다. 그것은 어디까지나 『생태계 강화 계획』의 일부일 뿐이지, 절대로 괴물을 만들어내는 것이 아니다.

"그럴까? 지난번 뉴스에서 위험성에 관련된 소식이 엄청나게 나왔잖아."

"……뭐라고?"

기억에 없는 일을 당연하다는 듯이 말하는 더스틴.

"뉴스…에서…? 위험성이라니?"

"여기도 그것 때문에 꽤 시끄러웠는데. 아, 그렇지. 기억에 혼란이 있다고 했던가."

프레드릭은 자기도 모르게 이마에 손을 댔다.

"마인하지만…… 좀 가르쳐주겠어. 내가 잊고 있는 기간 동안에 무슨 일이 있었지?"

프레드릭이 쥐어짜는 것 같은 목소리로 말하자 비디아가 설명해줬다.

"약 일주일 전에, 매스컴에서 연구 내용에 대해 보도했어."

"기어 세포…… 말인가?"

"정확히는 그 위험성에 대해서."

—기어 세포의, 위험성?

그 생각을 했더니 가슴이 엄청나게 술렁거렸다.

"새나간 정보는 기초 이론의 간단한 개요였지만 말이야. 그게 윤리적으로 어떻다느니, 기어 세포를 악용하면 전쟁 도구가 되지 않을까, 의미가 있는 연구라고 해도 병기로 이용될 위험성이 있다면 지금 당장 그만둬야 하지 않을까. 대충 그런 내용이었어."

『GEAR 프로젝트』만이 아니라, 이 차세대 의료연구소의 각 계획은 나라에서 엄격하게 관리하고 있다. 그 연구 내용이 뉴스를 통해서 일반인들에게 알려지는 건 정말 엄청난 일이다.

—그것도…… 군사무기화라니? 말도 안 된다. 그런 일을 아스카가 허락할 리가 없으니까.

예전에 기어 세포의 기초 이론을 완성했을 때, 프레드릭은 아스카와 그 가능성, 위험성에 대해 토론한 적이 있었다. 하지만 기어 세포를 개발한 당사자인 아스카는 국가에 그 기초 이론의 내용을 공개, 양보하는 조건으로, 그 용도를 평화적 이용으로 한정했다. 그리고 국가에서 그것을 승인했기에 지금까지 연구가 계속될 수 있었던 것인데.

자신이 잃어버린 기억, 기억이 사라진 기간 동안에 그런 일이 있었다면.

─내가 빠진 뒤로 아스카의 연구가 거기까지 진행됐나? 아니, 만약에 그게 가능하게 됐다면 아리아의 TP 감염증도 이미…….

문득, 프레드릭의 머릿속에 자신에게는 바로 어제 일이지만, 오늘 날짜를 기준으로 보면 약 한 달 전의 일이 떠올랐다. 그것은 밖에 있는 잔디밭에서 아스카, 아리아와 셋이서 이야기를 나눴던 때의 일이다.

문득 생각난 아스카와 아리아의 힘들어하는 표정.

두 사람의 분위기를 보고 연구가 잘 안 풀리기 때문이라고 생각했었다.

─사실은, 그런 얘기였다는 건가?

기밀 연구이기도 한 기어 세포의 기초 이론을 매스컴이 보도하다니, 보통 일이 아니다.

그렇다면 그 정보는 당연히 내부, 중추에 가까운 관계자가 누설했을 테고.

─대체, 누가 그런 짓을…….

프레드릭이 그렇게 생각한 순간.

─?!

번쩍, 하고 깜박이는 것처럼, 프레드릭의 머릿속에 영상이 떠올랐다.

그것은 전에도 있었던 갑자기 떠오르는 기억.

『군의…… 동물 실험? 잠깐 기다려봐 아스카! 그렇다면…….』

처음에 들려온 것은 자신의 거친 목소리.

『유감이지만 자네가 생각한 그대로야, 프레드릭.』

자신과 아스카가 연구소 밖에서 말다툼을 하고 있다.

『말도 안 돼! 왜 그런 짓을 허락했어!』

『귀 아파, 정말로. 하지만 이대로는 흐름을 막을 수가 없어. 그래서 이런 부탁을 하는 거야.』

그렇게 말하면서, 아스카가 새끼손가락만한 작은 데이터 단말을 내밀었다.

잠깐의 침묵. 데이터 단말을 바라보는 자신.

하지만 자신은 결국 포기한 것처럼 한숨을 쉬고 그것을 받았고…….

『안에서 막을 수 없다면 밖에서라는 건가. 빈스 교수님께 맡기면 되겠지?』

『그래. 그 분이라면 확실하게, 적절한 곳으로 가져가주실 거야.』

『하지만 국가는 움직이기 힘든 놈이라서, 바로 조치를 취할 수는 없을 거야. 그래서 제 때 못 맞추면 어쩔 셈이지?』

『그 때는, 최악의 미래만은 피할 수 있도록 선처해야지. 하

지만 일단은 이 방법이 효과가 있기를 바라고 있어.』그렇게
말하고, 아스카는 자신에게 등을 돌리고는.

『부탁해, 프레드릭.』

—으…… 윽?!
심한 두통과 함께 눈이 번쩍 뜨인 것처럼 정신을 차렸다.
—내가…… 유출했다는 건가?
일부가 선명하게 되살아나고, 그 주위만 약간 연결된 기억.
감마 섹션에 근무하는 아스카보다는 외출 제한이 허술한 프
레드릭은, 아스카가 건넨 그 데이터 단말을 비닐로 싸서 삼키
고 외출한 뒤에 토하는 방법으로 연구소의 보안 검사를 돌파.
자신들의 신뢰할 수 있는 스승이자 초기 기어 세포의 개발을
감독, 지휘해준 빈스 맥도널 교수에게 보냈다.
그 결과가 뉴스에 보도됐다는 기어 세포의 위험성?
—하지만, 내가 그 때 아스카한테 들었던 건 훨씬 더
위험한…….
군사무기화에 관한 내용이었을 것이다.
즉, 유출된 내용이 그대로 보도된 것은 아니라는 뜻이다.
하지만 현실적인 문제로, 예전에 아스카와 이야기할 때에
우려했던 기어 세포의 군사무기화는 프레드릭이 모르는 곳에
서 벌써 한창 진행되고 있었다.
그래서 기어 세포가 테러의 표적이 된다는 이야기는 납득할
수 있었다. 왜냐하면 지금의 프레드릭으로서는 믿기 힘들고
인정하고 싶지 않은 일이지만.

—그렇다면, 그 사냥개나 올빼미도……

그 날 아스카가 보여줬던 자료 속에 있었던 것이니까.

"……말도 안 돼!"

그리고 상처가 빨리 낫고, 청각이 묘하게 예민해진데다, 힘도 세진 프레드릭의 현재 상태도, 만약 더스틴과 다른 사람들이 말한 것처럼 그런 군사무기로 전용된 기어 세포를 이식한 결과라면.

프레드릭은 다시 머리를 쥐어뜯으면서 기억을 더듬었다.

언제, 어디서, 어쩌다 이렇게 됐을까.

프레드릭 자신에게는 피험체가 된 기억이 없다. 기억을 잃은 동안에 그런 입장이 됐다고 생각하기도 힘들다. 그렇다면, 그 답은.

—그 때밖에, 없나?!

조금 전에 떠올랐던, 목이 이상하게 뜨거워서 날뛰었던 기억. 그것은 눈을 뜬 뒤의 일을 생각해 봐도, 프레드릭의 자신의 연구실에서 쓰러져 있던 때의 기억일 것이다.

그리고 눈을 떴을 때는 목 주위에 자신의 혈흔이 있었다. 그 때 처음으로 목에 치명상을 입었던 프레드릭의 상처가 재생됐고, 다시 눈을 뜨게 됐다.

하지만, 그게 어째서 어떤 경위로 일어났는지가 도무지 생각나지 않았다.

아무리 찾으려고 해봐도 기억의 실이 뚝 끊어진 상태. 하지만 그것만 생각해내면, 어딘가, 뭔가가, 이어질 것 같은 기분이 들어서.

"생각해라! 생각해내라고! 나한테 무슨 일이 있었던 거지! 어서 생각해내야 해! 프레드릭 불사라!"

기억을 찾아서 양쪽 무릎을 꿇고 머리를, 머리카락을 마구 긁어댔다.

"프레드릭, 갑자기 왜 그래?"

비디아가 걱정하는 얼굴로 프레드릭의 얼굴을 들여다봤다.

"난…… 알고 있을 텐데!"

"알고 있다니, 뭘? 프레드릭! 알아듣게 설명해봐!"

비디아가 프레드릭의 어깨를 붙잡고 외쳤다.

하지만 두 사람의 접점은 제3자에 의해 끊어졌다…….

"미안하지만 기억을 더듬는 건 나중에 해주게."

고개를 들어보니 사지가 진지한 얼굴로 비디아를 떼어내고 있었다.

"지금은 탈출이 먼저야."

사지가 가리킨 쪽을 보고, 바로 그 말의 의미를 이해했다.

빨간색과 녹색 비상등 불빛이 비친 바닥에 물결이 일렁이고 있었다.

"……물?"

누가 흘렸다고 볼 수 있는 양이 아니다.

대체 무슨 일인가 싶어서 바닥의 물을 따라 시선을 옮겨보니, 벽에 있는 더스트슈트에서 물이 역류해서 넘쳐나고 있었다.

"침수가…… 일어난 건가?"

그것은 지금까지 몇 번인가 있었던 폭발의 영향일까.

하지만 프레드릭 일행이 지금부터 가려는 곳은 감마 섹션의 최하층. 그 특별 연구실에 있을 탈출정, 또는 그 탈출로.

만약 이 베타 섹션만이 아니라 그쪽에도 침수가 시작됐다면, 느긋하게 있을 때가 아니다.

기억에 대해, 이 상황에 대해서 신경 쓰이는 것들은 아직도 많지만, 어쩔 수가 없다. 프레드릭은 고개를 한 번 저은 뒤에 일어났다.

그 모습을 보고, 사지가 더스틴에게 물었다.

"이 층에는 게이트가 안 보이던데…… 더스틴, 감마 섹션으로 가는 결합부는 몇 층에 있지?"

"베타 섹션 제일 아래층부터 5층마다 있을 거야."

"알았어. 그럼 서둘러서 내려가자고. 계단은 찾아놨으니까."

"……내려간다고? 감마 섹션으로 가려면 위쪽이 좋지 않은가?"

사지의 판단에 비디아가 이의를 제기했다.

"더스트슈트에서 역류하기는 했지만, 물이 여기까지 찼다면 아래쪽 게이트는 이미 작동하지 않을지도 모르는데."

"물론 계단을 이용해서 바로 탈출하는 방법도 생각해봤지만, 아쉽게도 위로 가는 계단은 바로 다음 층에서 막혀 있었어."

"조금 전에 그 붕괴 때문인가?"

"어쩌면 초기의 폭발 때문인지도 모르지."

프레드릭의 질문에 대답하고, 사지가 손뼉을 두 번 쳤다.

"어쨌거나 탈출정과 그 터널이 수몰되면 전부 끝장이야. 서두르자고."

그 말에 일동이 움직이기 시작했다.

"……흐음, 뭐 그래도 상관없지만."

어째선지 비디아는 불만인 것 같았고, 프레드릭의 청각은 비디아가 그 직후에 흘린 아주 작은 목소리를 놓치지 않았다.

"터널이라……. 왠지 찜찜한데."

"뭐…… 길은 하나밖에 없으니까. 그런 일도 있겠지."

"어라? 지금 그게 들렸어?"

"그런 건 생각만 하라고. 나도 너무 밝아진 이 귀가 짜증나니까."

위로하는 것처럼 비디아의 어깨를 두드리고, 프레드릭은 걸음을 옮겼다.

"프레드릭. 미안하지만 또 선두를 부탁해도 되겠나?"

굳이 말하지 않아도 저절로 그렇게 되겠지만.

어쨌거나 프레드릭은 고개를 끄덕이고 사지가 내민 비상용 도끼…… 일행이 가지고 있던 마지막 도끼를 받아들고는 앞장서서 복도로 나갔다.

"사지, 계단은 어느 쪽이지?"

"똑바로 가고, 막다른 곳에서 오른쪽."

"……알았어."

뒤에서 들려온 대답을 듣고, 프레드릭은 걸음을 옮겼다.

조금 전에 사지가 둘러본 결과 문제없다고 했으니 당장 괴물이 나타날 일은 없겠지만, 다음 층으로 내려가면 어떻게 될지 모르는 일이다.

비상등 불빛에 비친 계단이 나타나자, 프레드릭은 마음을 더욱 단단히 먹었다.

하지만 문득 뒤를 돌아보니 거기엔 비디아밖에 없었고…….

"……다른 사람들은 어디 갔어?"

"군자는 위험한 일에 가까이 하지 않는다, 라는 것 같은데?"

비디아가 씁쓸하게 웃으며 말했고, 프레드릭은 자기도 모르게 한숨을 쉬었다.

─누군 괴물이 나타나자마자 잡아먹혀도 괜찮다는 건가.

도망칠 길을 남겨두고 싶다든지, 프레드릭과 어느 정도 거리를 두고 싶다는 마음은 이해하지만.

"시간이 없다고 했는데 말이야."

"뭐, 우리가 앞으로 가면 금세 따라오겠지."

"그런데 그쪽은, 선두에서 가도 괜찮겠어?"

"생각하기에 따라서는, 당신 바로 뒤에 있는 쪽이 오히려 안전할 것 같거든."

그렇게 말하고, 비디아가 한쪽 눈을 찡긋했다.

배려해주는 걸가, 아니면…….

"뭐, 적당한 방패 정도는 되겠지."

프레드릭이 말하자 비디아가 어깨를 으쓱거리고 뒤쪽을 돌아봤다.

하지만 따라오는 사람들을 보는 그녀의 눈이 어째선지 묘하게 차가워 보였고…….

"응. 이제야 따라왔나 보네."

비디아를 따라서 뒤쪽을 본 프레드릭은, 자기도 모르게 눈을 몇 번 깜박거렸다.

따라오는 사람들의 뒤쪽에 보이는 빨간 비상등.

그것이 한 순간, 흔들린 것 같은 기분이 들었는데…….

—기분 탓일까?

그렇지 않으면 저 사람들이 느긋하게 걸어올 리가 없으니까.

"미안해, 조금 늦었군."

사지가 제2진의 선두에 섰고, 그 뒤에 따라오는 사람들.

하지만 그 때, 프레드릭은 어째선지 안 좋은 예감이 들었다.

"……왜 그러나? 빨리 가게."

그렇게 말할 때까지 가만히, 그들 뒤쪽에서 빛나는 비상등의 빨간 불을 노려보고 있었다.

물 냄새가 코를 찔렀다.

선두에 선 프레드릭은 3층만큼 계단을 내려가는 사이에, 아래층의 수몰이 시작됐다는 것을 기분 나쁠 정도로 잘 느끼고 있었다.

계단을 따라서 아래로, 아래로 흘러내려가는 수막.

걸음을 디딜 때마다 물소리가 울리는 속에서, 나선을 그리던 계단이 마침내 사라졌다.

그렇다면 이 층이 베타 섹션의 제일 아래층일 텐데…….

—이미 물에 잠겼나.

플로어 바닥 거의 전체가 비상등 불빛을 반사하고 있었다.

하지만 지금까지 밟고 내려온 계단 숫자를 생각해보면 그렇게 깊지는 않을 것이다.

"수위(水位)가 어느 정도 되는 것 같지만…….."

프레드릭은 손에 든 도끼 자루로 수위를 확인하면서 남은 계단을 하나씩 내려갔다. 그렇게 내려가 보니 계단으로 치면 두 계단, 대충 무릎 언저리까지 물에 잠겼다.

침수가 너무 심하면 감마 섹션으로 가는 게이트가 안 열릴지도 모른다고 생각했는데, 이 정도라면…….

—아직 괜찮아. 간신히 갈 수 있다는, 그런 뜻인가.

그렇게 판단하고, 프레드릭은 뒤쪽을 향해 물었다.

"더스틴, 게이트가 어느 쪽에 있는지 알아?"

"미안…… 평소엔 이쪽 루트를 써본 적이 없어서 잘 모르겠어."

그렇다면, 프레드릭은 어느 쪽으로 가야 좋을까. 이런 물속에서, 상당히 넓은 플로어를 방황하는 건 상당히 힘든 일인데…….

—모르는 이상은 그냥 가는 수밖에 없나.

물소리를 내며 걸어가는 프레드릭.

뒤에서 들려오는 같은 소리는 처음에는 비디아의 것 하나

뿐이었지만, 조금 지나자 한 사람, 또 한 사람 늘어나더니, 몇 겹으로 겹치면서 복도에 물소리를 울렸다.

그리고 한참동안, 정처 없이 게이트를 찾아 걸어 다녔지만.

순식간에 다리에 피로가 느껴지기 시작했다.

물을 헤치며 걸어가다 보니 평소보다 다리가 훨씬 무겁게 느껴진다. 수영장 물속에서 걷기만 해도 다이어트가 된다고 하는데, 정도 차이는 있지만 그것과 비슷한 상황이다.

한 걸음씩 힘차게 내딛지 않으면 물의 저항 때문에 발이 꼬일 수도 있다.

—운동부족인 친구들은 괜찮으려나?

문득 뒤를 돌아보니, 줄지어 있어야 할 총 7명의 사람들의 모습이, 자신을 제외하고 두 명밖에 없었다.

가끔씩 넘어지기라도 했는지 가벼운 비명소리와 유난히 큰 물소리가 들리는 걸 보면 잘 따라오고 있는 것 같은데, 비디아 다음에 따라오는 사지와의 거리는, 완전히 사지가 제2진 선두라고 해야 할 정도로 벌어져 있었다.

"프레드릭! 잠깐만! 벽에 플로어 맵이 있어!"

그 때, 뒤쪽에서 사지의 목소리가 들려왔다.

뒤를 돌아보니 지금 막 프레드릭이 지나온 T자형 통로 모퉁이에서 고개를 내밀고 이쪽을 부르고 있었다.

앞으로 나아가는 것과 게이트 같은 것을 찾는 데만 정신이 팔려서 알아차리지 못했는데, 이 어둠 속에서 잘도 찾아냈다고 솔직하게 감탄했다.

"사지! 게이트는 어느 쪽이지!"

"일단 그대로 직진하고, 그리고 다음 T자 통로에서……."

사지가 안내해주기를 기다리는 동안, 프레드릭은 걸음을 멈추고 기다렸다.

다른 사람들도 마찬가지였고, 사람들이 전부 걸음을 멈춘 탓인지 지금까지 울리던 물소리가 딱 멈췄다. 하지만, 완전한 정숙은 아니어서…….

—어라. ……뭐지?

문득, 프레드릭의 청각이 소리를 감지했다.

그것은 인간의 발소리가 내는 것과 전혀 다른, 물을 가르는 것 같은 소리.

게다가 자신의 아래쪽에서도 희미한 물소리가 울린다.

두근.

고동이 울리고, 급속하게 높아지는 긴장감.

—무슨, 일이지?

발밑을 보니 물결이 흘러와서 프레드릭의 다리에 닿고 있었다.

하지만 이 물결은 대체 어디서 흘러온 걸까? 그 답은 지금 고개를 돌리고 사람들이 따라오기를 기다리는 프레드릭의 뒤쪽, 즉, 지금까지 걸어가던 방향이다.

—물속에, 뭔가가…… 있나?

쭈뼛쭈뼛, 어깨 너머로 뒤쪽의 수면을 봤다.

그 때.

"어…… 으아악?!"

갑자기, 후방에서 울려 퍼지는 비명.

짐승이 으르렁거리는 것 같은 소리도 들렸고 요란한 물소리가 났다.

그 소리를 듣고 다시 앞을 보니 저 멀리 모퉁이, 지나온 길이 끝나는 쪽에 있는 비상등 바로 밑에서, 제일 뒤에 있던 사람이 부자연스럽게 쓰러져서 발버둥치고 있었다.

"뭐, 뭐야 이거, 으아악?!"

그 사람의 몸이…… 모퉁이 너머로 사라졌다.

—끌려갔나?

"끄아아아아아아아아아아악?!"

울려 퍼지는 단말마의 비명.

비상등에 비친 수면의 얼룩은, 대량으로 흘러나온 혈액일까.

그렇다면 그 사람은 이미…….

"공격당한 거야? 말도 안 돼, 여기까지 와서……."

눈앞에 있는 비디아의 목소리가 떨렸다.

그 직후에 또 한 번, 이번에는 프레드릭의 뒤쪽에서 요란한 물소리가 났다.

순간, 소리를 듣고 고개를 돌린 프레드릭이 본 것은…… 짐승의 입.

—젠장! 이쪽에도!

이상할 정도로 많은 이빨이 줄지어 있는, 세로로 긴 입이 바로 눈앞까지 와 있었다.

"으아아아아아아!!!!"

프레드릭은 반사적으로 도끼를 휘둘렀다.

아슬아슬한 순간에 괴물 같은 비명이 들렸고, 도끼에서 살을 찢는 촉감이 전해져 왔다.

지금 막 박아 넣은 도끼가, 날려버린 여파 때문인지 그대로 쭉 끌려갔다.

하지만 그런 것에 신경 쓸 상황이 아니다.

프레드릭은 끌려가는 도끼를 놓고, 바로 소리쳤다.

"뛰어! 물속에 뭔가가 있어!"

그리고는 자신도 뛰어서 비디아의 등을 밀었다.

"잠깐만, 뭐가 있다는 건데?!"

"괴물이야! 협격을 당하게 생겼다고!"

순간적으로 당황한 비디아의 손을 잡아끌며, 프레드릭은 있는 힘껏 뛰었다. 자신을 덮친 그 한 마리를 해치웠는지 아닌지는 모르겠지만, 지금은 한시라도 빨리 괴물의 위협에서 도망치고 싶었다.

하지만 지금까지 온 길로 돌아가면 제일 뒤쪽을 덮친 괴물과 마주치게 된다.

그렇다면 활로는 사지가 있었던 T자 통로, 조금 전에 가지 않았던 쪽이다.

그쪽으로 가도 물속에 숨어 있는 괴물의 공격을 받을지도 모른다. 마지막 하나 남았던 그 비상용 도끼도 없어졌으니, 그렇게 되면 저항할 방법도 없다. 하지만 시급한 상황이다. 프레드릭은 지푸라기라도 잡는 심정으로 T자 통로를 돌았다.

"이쪽이다! 빨리!"

그랬더니 사지와 더스틴이 이미 그쪽 통로에 들어가 있

었다.

"일단 물 밖으로 나가자! 이쪽에 계단이 있는 것 같아!"

더스틴이 소리쳤을 때, 줄 뒤쪽에 있었던 다른 두 사람들도 뛰어와서 프레드릭 일행과 합류했다.

그렇게 해서 일행은 물소리를 요란하게 울리며 뛰어갔다. 보이지 않는 공포에 사로잡히면서도 열심히 달려갔다. 얼핏 뒤를 볼 때마다, 모퉁이를 돌 때마다, 수면에 뭔가 둥근 것이 떠 있는 것처럼 보였다.

—숫자가…… 많잖아?

움직이는 '그것'들은 네모난 타일 같은 무늬. 아마도 아까와 똑같은 괴물의 등일 텐데, 매끄럽게 흐르는 것처럼 쫓아오고 있었다. 그리고 하나, 또 하나 씩 숫자가 늘어나고 있었다.

만약 여기서 앞서가는 사지의 등을 놓치게 되면, 또는 발을 멈추면, 또 공격당할 것이 틀림없다. 하지만…….

—물 밖으로 나가기만 한다면!

그렇게 생각하고, 프레드릭은 계속 뛰어갔다.

하지만 체력이 한계인지, 나란히 달려가던 사람 중 하나가 발이 꼬이고 말았다.

"쳇!"

프레드릭은 재빨리 팔을 뻗어 넘어지려던 그 사람을 붙잡았다.

그 무게 때문에, 자기도 모르게 한쪽 무릎을 꿇고 말았다.

"미, 미안해!"

"멈추지 마! 힘내라고!"

그렇게 외치고 남자의 등을 떠밀었다.

이걸로 자신이 제일 뒤. 프레드릭은 그를 쫓아가기 위해 일어나서 달려갔지만, 수면에 얼핏얼핏 보이는 괴물의 등은 바로 등 뒤까지 다가와 있었다.

"왼쪽! 오른쪽! 그 다음에 왼쪽! 그러면 계단이야!"

따라오는 사람들에게 알려주려는 건지, 모습이 보이지 않는 비디아의 목소리가 들려왔다.

하지만 괴물과의 속도 차이를 생각해보면, 프레드릭은 최소한 제일 앞에 있는 한 마리한테 따라잡히게 될 것이다.

프레드릭이 그렇게 생각하고 뒤를 돌아본 순간, 첨벙! 하는 요란한 소리를 내며 이빨이 줄지어 있는 커다란 입이 물 밖으로 튀어나왔다.

"으억?!"

간신히 피한 프레드릭은, 이번에야말로 그 괴물의 모습을 확인했다.

······악어였다.

하지만 그걸 알았다고 해도 상황은 최악. 지금 막 프레드릭 옆으로 지나간 악어의 등이 빙글, 하고 몸을 돌려서 길을 가로막는 모양이 됐다.

덕분에 또 발을 멈추게 됐지만, 이대로 꾸물거리면 뒤따라오는 악어들한테까지 따라잡혀서 완전히 사면초가가 될 것이 명백하다.

한 순간의 망설임이 목숨을 좌우한다. 그러니 지금은 즉결즉단.

프레드릭은 용기를 발휘해서 눈앞에 있는 악어와 한 번 더 교차하는 쪽을 선택했다.

악어의 반응이 아주 조금이라도 늦어지면 무사히 통과할 수 있다. 그런 기대를 품고, 프레드릭은 다시 뛰어가기 시작했다.

하지만 그 순간, 생각지도 못한 일이 일어났다.

갑자기 프레드릭의 등 뒤에서 폭발이 일어난 것이다.

―뭐지?!

요란하게 솟아오르는 물기둥.

폭발의 충격이 자기도 모르게 뒤를 돌아본 프레드릭을 때렸다.

"어…… 어어어어?!?!?!"

발이 바닥에서 떨어지고, 폭풍에 몸이 날아갔다.

덕분에 의도치 않게 눈앞에 있는 악어의 머리 위를 뛰어넘었고, 모퉁이의 벽에 몸을 부딪치고 말았다.

벽에 충돌하면서 온 몸의 뼈가 부러지는 게 아닌가 싶을 정도의 충격을 받았지만, 다행이라고 할까, 이상하게 변한 프레드릭의 몸은 아프기는 했어도 아직 움직여줬다.

―살았…나? 아니, 아니야!

프레드릭은 비틀거리면서 몸을 일으켰지만 안심하기는 아직 일렀다.

지금 그 폭발은 바닥 밑에서. 이 층은 베타 섹션 가장 아래 층이기는 하지만, 아래쪽에 배관용 공간 등이 있는 건지 복도 바닥에 커다란 구멍이 뚫려 있었다.

그 큰 구멍으로 빨려 들어가는 것처럼, 무릎 언저리까지 차 있던 물이 격렬한 소용돌이를 그렸다.

물살에 휘말렸는지 프레드릭을 쫓아오던 악어들이 그 소용돌이에 말려들었고, 여러 마리가 구멍 속으로 떨어지는 모습이 보였다.

하지만 프레드릭도 예외는 아니다.

만약 저 소용돌이에 말려들면, 그 밑에 있는 물속에는 악어들이 잔뜩 있다. 그렇게 되면 틀림없이 죽겠지.

—왼쪽, 오른쪽, 그리고 왼쪽!

조금 전이 비디아가 외쳤던 말을 떠올린 프레드릭은, 손으로 벽을 짚으면서 거센 물살을 헤치고 앞으로 나아갔다.

그러다가, 갑자기 발밑이 흔들려서 오싹한 기분을 맛봤다.

—?! 위험해!

폭발의 여파일까 아니면 물살의 영향일까. 복도 바닥의 구멍이 서서히 넓어지더니 일대의 바닥이 통째로 무너지려 하고 있었다.

—젠장! 빨리! 빨리! 빨리!

프레드릭은 두 다리에 한껏 힘을 주고, 물살을 거스르며 열심히 뛰어갔다.

발을 디딘 바닥이 급격하게 가라앉아서 균형을 잃을 뻔했다.

황급히 다음 발을 내디뎠더니 또 바닥이 가라앉는다.

바닥이 어디까지 무너질지를 모르니 절대로 발을 멈춰선 안 된다. 그리고 지금 내디딘 한 걸음이 한 순간이라도 늦어지면 구멍에 빠지게 된다.

"으아아아아아아아아아!!!"

프레드릭은 함성을 지르며 열심히 발을 움직였다.

물살과 붕괴로부터 도망치기 위해서 뛰고, 뛰고, 또 뛰었다.

왼쪽, 오른쪽, 왼쪽으로 모퉁이를 돌았더니 겨우 계단이 보인다.

조금만 더. 아직 멈추면 안 된다. 안심하면 안 된다.

프레드릭은 겨우 도착한 계단을 힘차게 뛰어 올라갔다.

그대로 단숨에 층계참까지 뛰어 올라갔고, 계단 반환점에서 얼굴을 내밀고 자신이 뛰어온 길을 돌아봤다.

필사적으로 뛰느라 알아차리지 못했지만, 바닥 붕괴가 중간에서 멈췄는지 물만이 일정한 방향으로 개울처럼 흘러갔다.

거기까지 확인하고, 프레드릭은 겨우 한숨을 쉬었다.

"살았나…… 보네."

정말로 위험했다.

프레드릭은 두 무릎에 손을 얹어서 몸을 지탱하고, 안도하는 기분을 곱씹었다.

"아, 다행이다. 무사했네."

비디아의 목소리에 주위를 둘러보니, 먼저 갔던 사람들이 어깨를 들썩이며 거친 숨을 쉬고 있었다.

조금 전 습격으로 또 한 명이 줄어서 총 여섯 명.

"간신히. 댁이 말해준 덕분에 살았어. 고마워."

"그래? 도움이 됐으면 다행이고…… 무슨 일이 있었던

거야?"

"악어에 폭발. 정말이지, 영문을 모르겠네. 보통 때 같았으면…… 죽었겠지."

하지만 보통이 아니게 됐기 때문에 살아남았다.

솔직하게 기뻐해야 하는 건지, 복잡한 심경이다.

"아아, 더, 더는 못 가…… 지쳤어…… 무리야."

그 때, 더스틴이 큰대자로 쓰러졌다.

그것을 신호로, 각자 계단에 앉거나 바닥에 주저앉고 벽에 기대어 앉는 등의 자세로 천천히 숨을 골랐다.

하지만 이렇게 된 지금, 목숨을 건지기는 했어도 예전처럼 마음을 놓을 수는 없었다.

악어 괴물이 잔뜩 있고, 폭발에 의한 붕괴까지 일어났다. 이렇게 됐으면 아래층 게이트로 가는 건 불가능하겠지.

그렇다면 당연히 다른 길을 찾아야 하는데…….

"위쪽 상황은 어때? 갈 수 있겠어?"

프레드릭은 먼저 계단 위쪽을 보러 갔다 온 사지에게 물었다.

하지만 계단을 내려오는 사지의 표정은 어두웠다.

"아쉽지만 안 될 것 같아. 바로 위층까지 가봤는데 또 파편에 막혀 있었어."

"그래…….

하다못해 다섯 층 위에 있다는 다른 게이트로 가면 되겠다고 생각했는데, 그것도 안 된다면 더 이상 어쩔 도리가 없다.

감마 섹션에는 들어갈 수 없다. 갈 수가 없다. 즉, 탈출할

수 없다. 그런 궁지에 몰렸다는 생각이 일행에게 어두운 그림
자를 드리웠고, 점점 포기하는 기색을 보이기 시작했다.

"어쩔 거야, 기껏 여기까지 왔는데!"

"역시 여기서 죽는 거야?"

"잡아먹혀서 죽는 건 싫어! 난 아직 죽고 싶지 않아! 죽고
싶지 않다고!"

"그건 나도 마찬가지야! 하지만 어쩔 도리가 없잖아! 만약
이 층에도 괴물이 있다면, 언젠가는!"

더스틴과 연구원들의 부정적인 문답을 들으며, 프레드릭은
자기도 모르게 혀를 찼다.

프레드릭도 그렇게 소리를 질러대고 싶은 기분이었으니까.

벽을 한 번 때렸다.

갑작스런 소리에 조용해지는 사람들.

"너무 칭얼대지 말라고. 이런 상황에선 누구나 불안해지는
법이야. 하지만, 포기하기엔 아직 일러."

그래, 아직 이르다.

포기하는 건 할 수 있는 일을 전부 한 뒤에. 가능성이 전부
사라진 뒤에 하면 된다.

프레드릭에게는 적어도 아직 두 가지의 의문이 남아 있
었다.

"이봐…… 비디아."

프레드릭은 한숨을 한 번 크게 쉰 뒤에 말했다.

"뭔가 좋은 탈출 방법이 있으면 이쯤에서 가르쳐주지
그래."

"뭐? ……갑자기 무슨 소리야 프레드릭, 무서운 얼굴을 하고."

"그쪽이라면 뭔가 방법을 알고 있을 것 같은데, 내가 잘못 생각했나?"

그것은 비디아와 만난 뒤로 계속 프레드릭의 마음속에서 꿈틀거리던 의문.

프레드릭은 탈출만 할 수 있으면 되니까, 굳이 이상한 분위기를 만들 필요는 없다고 생각했었다. 하지만 이렇게 손 쓸 도리가 없어지고 나니, 그 가능성에 걸어보는 수밖에 없다는 생각이 들었다.

"이만하면 됐잖아. 가르쳐달라고, 비디아. 당신은 대체 뭐야? 뭘 숨기고 있지?"

"저, 저기? 어라? 뭐야 이 분위기? 난 딱히 아무것도 숨기는 게……."

비디아가 얼빠진 말투로 잡아떼려고 했지만 더 이상 가만히 넘어가줄 수는 없다.

"이봐 프레드릭, 그게 무슨 말이야?"

"무슨 소린지 모르겠다니까. 설명 좀 해보라고!"

"뭔가 가능성이 있을지도 모른다는 생각이 들었거든. 왜냐 하면……."

사람들이 주목하는 속에서, 프레드릭이 말했다.

"비디아는 우리랑 달라서, 여기 사람이 아니니까."

　　　　◆　　　◆　　　◆

　감마 섹션 제일 아래층에 있는 특별 연구실 중에서도 가장 아래쪽에 존재하는 제6 특별 연구실. 이 기밀 구역에서 『GEAR 프로젝트』의 치프를 맡고 있는 아스카조차 여기에 와 보는 것은 처음이었다.

　방이라고 부르기에는 너무나 넓고 천장도 높은 그 연구실은 홀이라고 불러야 할 정도였다.

　실험용인지 연구실 중심에 있는 울타리에 둘러싸인 큰 구멍은, 여기가 연구소의 제일 아래층인데도 바닥이 보이지 않을 만큼 싶었다.

　그런 큰 구멍 주위에는 여러 개의 원기둥…… 거대한 캡슐이 있다.

　원을 그리는 모양으로 설치된 캡슐 안에는 단 하나를 제외하고는 녹색 액체만 들어 있다. 하지만 지금까지 거기에 뭔가 들어 있었는지는, 단 하나의 내용물이 남아 있는 캡슐을 보면 쉽게 상상할 수가 있었다.

　"세상에…… 어느 틈에 이런 것까지?"

　캡슐 안에 둥둥 떠 있는 커다란 물체, 아마도 이 특별 실험실의 실험동물일 그것은 거대한 곰의 모습이었지만, 당연히 이것이 평범한 곰일 리가 없다.

　적어도 아스카가 지금까지 봐왔던 다른 실험 개체들처럼 기어 세포를 이식한 개체가 확실할 것이다.

　'아니, 이건 그 이상의 단계인가…….'

아스카는 괴로운 기분을 감추기 위해서 손가락으로 눈가를 세게 주물렀다.

"역시 닥터도 놀랐나보군. 여기는 우리 연구실이거든."

아스카의 뒤쪽에서, 총을 든 건장한 체격의 사내가 자랑스럽게 말했다.

"그 녀석은 현재 최첨단 실험 병기지. 아쉽게도 여기서 파기하게 됐지만."

"파기? 그렇다면 실패작인가?"

"아직 제어가 좀 힘들어서 말이야. 하지만 앞으로는 닥터도 우리 연구에 합류하게 될 테니까, 금세 해결할 수 있는 문제겠지. 그리고 기어 세포는 우리 군의 비장의 카드가 되고."

군. 그 말에 아스카는 어깨를 으쓱거리는 것으로 대답을 대신했다.

설마 이렇게 가까운 곳에 이만한 규모의 실험장이 있으리라고는 상상도 못 했다. 그리고 군의 기어 세포 연구가 이렇게까지 진척돼 있는 줄도 몰랐다.

상황은 아스카가 생각했던 것보다 훨씬 나빴다. 오늘 갑자기 사태가 급변한 것도 그렇고, 솔직히 말해서 예상이 너무 어설펐다. 아스카는 마음속으로 조용히 후회했다.

처음에 그들 군의 개입을 허락한 그 순간부터 헤아릴 수 없을 정도로 후회를 해왔지만, 오늘 이 사태의 급변 때문에 한층 더 크게 후회했다.

"자, 닥터. 탈출정으로 가자고. 이 연구소는 곧 폭파돼서 통째로 무너질 테니까."

아스카는 체격 건장한 사내의 재촉을 받으며 캡슐 앞에 머물러 있던 발을 옮겼다.

특별 연구실 안쪽 벽에는 마치 항공기처럼 두꺼운 에어록이 열려 있었다.

그 문 너머…… 탈출정으로, 아리아가 잠들어 이는 냉동 캡슐이 먼저 들어가고 있었다.

'이젠, 돌이킬 수 없어…….'

기어 세포 연구는 이미 아스카의 손을 떠나기 시작했다. 이대로 가면 언젠가, 미래는 아스카가 생각했던 중에서 최악의 시나리오로 흘러가게 되겠지.

하지만, 아직. 아직 모든 결과가 나온 건 아니라고, 아스카는 가볍게 고개를 저었다.

아스카는 오늘 이 급변하는 사태 속에서도 나름대로 손을 써뒀다.

'여기를 떠나기 전에 답을 알게 되면 좋겠지만…….'

그것은 원래 예상했던 형태와 전혀 다른, 도박과도 같은 방법이었지만.

그 『씨앗』이 싹을 틔우기만 하면. 그리고 열매를 맺기만 한다면.

아스카는 끝까지 믿고 있었다. 시간이 아무리 오래 걸려도, 최악의 시나리오만큼은 반드시 회피할 수 있을 것이라고.

제4장 『의혹』

"우리와는 달리, 비디아는 여기 사람이 아니거든."

프레드릭이 단정하자, 층계참에 모여 있던 사람들의 시선이 비디아에게 집중됐다.

당혹스럽다는 듯이 애매하게 웃고 있는 것은 본인 뿐.

"아니, 저기 프레드릭, 무슨 소리야? 나도 당신들처럼 여기 연구원 맞거든?"

그녀는 그렇게 넘어가려고 했지만, 일단 시작한 프레드릭은 멈출 생각이 없었다.

"내가 눈뜨기 전에 일어난 폭발 때문에 피난 경보가 울렸어. 그래서 나는 연구실에서 나온 뒤에 다른 사람과 만나질 못했지. 당연한 일 아니겠어. 다들 이미 엘리베이터 홀 앞에서 만났던 것처럼 피난하고 있었으니까. 그런데, 난 당신하고 만났지."

"그러니까, 그건 그냥 갇혀 있었던 거라고."

"아무도 없는 연구실에서 뭘 하고 있었지?"

여기서 비디아의 정체를 확인한다. 프레드릭은 결의를 품고 계속 말했다.

"할 얘기는 아직도 많아. 여기 과학자들은 기본적으로 운동부족이야. 그래서 운동기구에는 먼지만 쌓였지. 그런데 그쪽은 마치 무슨 훈련이라도 받은 사람 같았어."

그리고 무엇보다, 프레드릭은 처음에 이미 확인했다.

그것은 다음에도 쓸 수 있을 것 같아서 지금까지 굳이 말하지 않았지만.

—자, 어떻게 나올까.

확신을 가진 프레드릭은 바로 이어서 말했다.

"난 당신이 이 소동을 일으킨 놈들이랑 연결돼 있다고 보거든. 어느 선까지인지는 모르겠지만. 솔직히 말해보지 그래?"

"그건 확실하게 아니라고 말할 수 있는데……."

프레드릭의 의혹을 바로 부정하고, 비디아는 잠시 생각하는 동작을 보이고는 바로 큰 한숨을 쉬었다.

"아, 정말이지…… 그래, 알았어. 알았다고. 알았으니까, 그런 사건의 범인을 보는 것 같은 눈으로 쳐다보지 말아줄래?"

비디아가 두 손을 들고 항복했다는 자세를 보였다.

"그럼 비디아…… 그쪽은 정말로?"

"그래, 여기 사람이 아니야."

조심조심 끼어든 더스틴에게, 비디아가 어깨를 으쓱거렸다.

프레드릭은 조금 더 잡아뗄 거라고 생각했지만.

"의외로 깔끔하게 인정했군."

"나도 더 이상은 여유가 없으니까. 여기서 괜히 의심 받다가 귀찮은 일이 벌어지느니 차라리 밝혀버리고 결백을 증명하는 쪽이 낫다고 판단했을 뿐이야."

"그렇다면…… 자세한 설명을 요구하고 싶은데?"

"오케이, 그럼 간단하게."

그렇게 말하고, 비디아는 가운 주머니에서 판 모양의 개인용 휴대 단말을 꺼냈다. 이곳 직원들은 보안 문제로 개인 소지가 금지된 물건이다.

단말 화면에서 나오는 빛이 작은 손전등처럼 주위를 비췄다.

그 단말을 조작하며, 비디아가 말했다.

"내 소속은 중앙 정보국. 사흘 전부터 첩보원으로 여기에 잠입했는데, 오늘 이 사태에 말려든 이유는 당신들하고 똑같아."

"중앙 정보국…… CIA라고? 어째서 그런 녀석이 여기 있는 거지?"

"극비 내부 조사 때문에."

"무슨…… 조사지?"

사지의 질문에, 비디아는 먼저 사람들에게 단말 화면을 보여줬다.

거기에 표시된 것은 그 엘리베이터 앞에서 봤던 올빼미…….

아니, 그것만이 아니다. 비디아가 화면을 스크롤했더니 프레드릭이 처음에 마주쳤던 그 사냥개가 나왔다. 이어서 조금 전에 본 악어까지 기재돼 있었고.

—?!

"잠깐만, 어째서 그 괴물의 데이터가……."

프레드릭이 할 말을 잃은 것과 더스틴이 놀란 목소리로 말한 것은 거의 동시였다.

"조사 내용은, 기어 세포의 군사무기화에 대하여."

비디아의 대답에 소름이 돋았다.

아주 조금 연결돼 있었던 기억의 실이, 부분적으로 다시 이어졌다.

—난…… 알고 있다. 본 적이 있어.

지금 비디아가 보여준 자료는 프레드릭이 아스카로부터 받아서 빈스 교수에게 맡긴 유출 정보의 자세한 내용이다.

즉 비디아의 말이 사실이라면…… 아니, 이젠 사실이라고 생각해야겠지만, 일단 프레드릭이 아스카에게 받아서 유출한 그 연구 내용 덕분에 CIA가 움직인 것이다.

"전부터 군의 폭주를 우려하고는 있었지만, 실제로 잠입 수사에 나설만한 결정적인 건수가 없었어. 누군가가 어떤 인물을 통해서 보내온 정보가 있었던 덕분에 잠입 조사가 시작됐지. 만약 이게 사실이라면 국가로서도 반드시 막아야만 하니까. 유출 자료를 증명할 실태 파악이 내 임무였어."

하지만, 그래도.

—늦었다는, 건가?

자기가 생각해도 우스운 상상이었다. 하지만 비디아의 말을 듣고, 프레드릭의 머릿속에서는 지금 이 지하 연구소에서 일어나고 있는 최악의 사태의 도식이 어렴풋하게나마 그려지기 시작했다.

"프레드릭과 만났을 때는 상황 보고를 위해서 외부와 연락

할 수 있는 대형 단말을 찾고 있었어. 이 소동이 시작된 시점에서 예상했던 것보다 훨씬 빨리 최악의 시나리오가 돌아갈 거라고, 바로 예상했으니까."

"그, 최악의 시나리오라는…… 건?"

더스틴이 쭈뼛거리며 묻자, 비디아가 한숨을 쉬며 말했다.

"내가 찾고 있던 실험 개체가 연구원을 공격해서 죽인 시점에서 상상할 수 있지 않겠어?"

바로 대답할 말이 나오지 않았다.

─그렇게까지, 하는 건가. ……정말로?

그렇다면 이건 결코 사고가 아니다.

물론 어떤 연구 성과를 노린 테러도 아니고.

"부자연스런 폭발에 전부 막혀버린 탈출 루트…… 생각할 수 있는 건 하나뿐이야."

아직까지 받아들이지 못한 프레드릭에게, 비디아가 답을 말했다.

"이건 기어 세포의 군사무기화 계획을 은폐하려는 군의 대폭주. 차세대 의료연구소 전체에 대한 성대한 입막음. 더스틴의 말을 들어보면 중요한 데이터와 인재는 그 탈출정을 이용해서 빼내고, 마지막에는 폭파, 붕괴가 되겠지."

"말도…… 안 돼……."

"어떻게 그런 일이…… 그렇게까지 할 필요는……."

비디아의 예측에 당황하는 사람들.

"그런데, 그렇다면 프레드릭은? 프레드릭도 군의 연구 성과라는 건가?"

아마도 딴 생각이 있는 건 아니겠지.

하지만 더스틴의 그 한마디에 분위기가 완전히 달라졌다.

"마, 맞아! 상처가 낫는 것도 그렇고, 이상하잖아!"

"그렇다면 이 녀석이 군의 스파이라는 거야?!"

비디아의 정체를 밝히려고 한 자신에게 쏟아지는 혐오.

배신자를 보는 것 같은 의혹의 눈길.

"잠깐만! 나는!"

"걱정하지 않아도 돼. 프레드릭은 상관없는 것 같거든?"

의외로 비디아가 감싸줬다.

"나도 처음에는 의심했어. 아무래도 그 『GEAR 프로젝트』 관계자니까. 게다가 상처가 빨리 낫는 데다 힘도 세고 귀까지 밝은 초인 같은 인물이니, 당연히 의심해야겠지."

그렇게 말하면서 프레드릭의 등 뒤로 이동했고, 어깨에 손을 얹었다.

"하지만 폭주한 군 관계자라면 우리를 없애려고 했다면 모를까, 솔선해서 구하려고 할 이유는 없을 거야. 잘 생각해보라고."

"하, 하긴……."

그렇게 말한 사람은 엘리베이터 통로가 붕괴될 때 프레드릭이 구해줬던 사람이었다.

다른 사람들이 지금까지 프레드릭이 해온 행동들을 어떻게 생각하건 그 사람만은 틀림없이, 프레드릭이 자기 목숨의 위험까지 무릅쓰고 구해줬다.

지금 생각해보면 상당히 무모한 짓이었던 것 같지만, 설마 그 행동이 이렇게 돌아올 줄은 몰랐다.

"이 사람도 피해자야. 하지만 우리와 아주 조금 달라서, 뭔가 특별한 사정이 있을 뿐이고."

프레드릭의 혐의가 풀리는 방향으로 향하기 시작한 분위기 속에서, 비디아가 말했다.

"그게 의외로 핵심에 가까운 것일지도 모르니까, 첩보원으로서는 슬슬 뭔가 생각해냈으면 싶은데. 어때, 프레드릭?"

"그렇게 말해도 말이야, 아쉽게도 지금은……."

프레드릭이 입을 열었을 때.

비디아가 프레드릭의 귓가에서, 작은 소리로 짧게 속삭였다.

"다음은 내가 맡을게. 경계해."

—?!

그 말에, 생각이 났다.

탈출할 방법이 없어진 상황까지 몰리면서 비디아의 정체를 밝혀야겠다고 생각했었는데, 생각했던 가능성은 두 가지.

아직 한 가지가 더 남아 있다.

"저기, 프레드릭. 정말로 아무것도 생각이 안 나? 잘 생각해봐. 당신 기억이 있고 탈출만 할 수 있으면 군의 폭주를 막을 수 있을지도 몰라."

그렇게 생각했기에, 비디아가 귓속말 다음에 이어서 한 말이 너무나 뻔뻔하게 들렸지만.

"아마도, 우리한테는 시간이 얼마 없을 걸?"

그것은 갑자기 시작됐다.

비디아의 단 한마디로.

"저기, 사지. 지금 몇 시지?"

"······지금?"

사지가 손목시계를 보고 대답했다.

"15시가 조금 지났는데."

─?!

"잠깐?!"

"어?"

"······뭐?"

프레드릭은 물론이고, 더스틴과 다른 두 사람의 반응도 똑같았다.

그 반응에, 비디아가 어깨를 으쓱거렸다.

"역시, 내 생각이 맞았나보네."

"······뭐야?! 비디아, 그리고 다른 사람들도······ 대체 무슨 소리야?"

사지가 곤혹스런 표정으로 주위를 둘러봤다.

하지만 그에게 향하는 것은 조금 전에 비디아와 프레드릭에게 향했던 것과 똑같은 의심하는 눈길이었다.

오히려 앞선 두 사람이 결백했던 만큼 의혹이 훨씬 깊어졌다고 할 수 있다.

"답은 간단해. 당신도 여기 사람이 아냐."

"이봐······ 이런 상황에서 농담하지 말라고."

"진심인데? 나도 당신도 이걸 몰라서 들켰어. 이 차세대 의료연구소에는 로컬 룰이 있다는 것 같더라고. 상당히 아날로

그적인 방법이고 정확성이 낮은 것 같지만."

누구한테 들은 것도 아니면서 잘도 알아차렸다. 역시나 CIA 요원이라고 할까. 귀신 목을 붙잡은 것 같은 비디아의 말은 정답이었다.

이 지하 연구소 사람들 사이에는 간단한 로컬 룰이 있었다.

그것은 시간 확인에 의한 상대의 입장 판단. 시간을 물어보면 몇 시 몇 분의 몇 분 전이라고 대답하는 간단한 응답이다.

누가 시작했는지는 모르지만, 기밀 연구도 취급하는 연구소다. 드나드는 사람을 경계하는 중에 자연히 생겨났겠지.

그 룰은 프레드릭이 이 차세대 의료연구소로 왔을 때 이미 존재했고, 실제로 알게 된 것은 아리아, 아스카와 낮에 잡담하던 중이었다.

갓 부임한 신참일지도 모른다는 허점이 있는 어설픈 룰이기도 하지만, 연구원들의 별 생각 없는 시간 질문에 평범하게 대답하면 외부인으로 의심하게 된다.

그래서 프레드릭은 처음에 비디아의 신체능력과 상황 판단, 냉정함을 보고 의심하기 시작했을 때, 시간을 물어서 그것을 확인했다.

한편, 사지와 만났을 때 그는 시간을 묻지 않았고, 그 대신 더스틴이 물었다. 프레드릭이 대답해서 비디아에 대한 의심도 같이 풀렸지만, 아마 사지도 집단 속에 같이 있던 누군가의 응답으로 무사히 넘어갔겠지.

"그렇게 됐으니까. 사지, 다음엔 당신이 자백할 차례야."

비디아와 마찬가지로 신체 능력이 좋고 판단력도 좋았던

사지. 생각해보면 이 친구한테도 연구원답지 않은 구석이 있었다.

설마 비디아가 그걸 확인할 줄은 몰랐지만, 어쨌거나 프레드릭이 품고 있던 또 하나의 의혹이 확신으로 변했다.

그렇다면, 이 사지의 정체는 대체 뭘까.

"…………."

프레드릭은 그의 말을 기다렸다.

하지만 먼저 입을 연 것은 비디아였다.

"……가르쳐주겠어? 기어 세포를 이식한 그 괴물들한테 공격당하지 않는 방법이라든지, 어디로 가면 탈출할 수 있는지에 대해서."

—뭐?

비디아가 갑자기 그런 질문을 던진 것은, 솔직히 말해서 의외였다.

"……무슨 바보 같은 소리를. 어째서 내가 그걸 알고 있으리라고 생각하는 거지."

그 점에 관해서는 프레드릭도 사지도 같은 생각이었다.

하지만 비디아는 자신이 있는지 계속 추궁했다.

"짚이는 구석이 많았거든. 엘리베이터 통로에서 위험할지도 모르는 덕트에 굳이 제일 먼저 들어간 이유는? 당신, 그때 폭발이 일어날 걸 알고 있었던 것 아냐?"

"황당무계한 상상이군. 단순한 우연이야."

사지가 한심하다는 듯이 고개를 저었다.

"어디에 괴물이 있을지도 모르는데, 혼자서 트레이닝 룸 밖을 둘러보는 용기 있는 행위도 이상하지. 하지만 공격받지 않는 방법이 있다면 이해할 수 있어."

"비디아, 난 그냥 그러는 게 좋을 것 같아서……."

"아까 침수된 곳에서도, 앞뒤에서 협격당할 걸 알았기 때문에 그 위치에 있었던 것 아냐? 난 그렇게 의심했기 때문에, 프레드릭한테는 미안하지만 이 사람하고 당신 사이가 제일 안전할 거라고 생각했어. 그리고 실제로 그렇게 됐고."

마치 심문이라도 보고 있는 것 같았다.

프레드릭은 사지를 가볍게 의심하고는 있었지만 이 정도까지는 아니었다. 하지만 지금 비디아의 말을 들어보니 그럴듯하다는 생각이 들었다.

실제로 사지는 올빼미 때도 엘리베이터 통로 붕괴 때도, 조금 전에 악어와 마주쳤을 때도 결과적이기는 했지만 제일 먼저 행동해서 안전 범위에 도달해 있었다.

—잠깐만. 만약 그게 사실이라면…….

생각이 났다. 조금 전 비디아의 귀엣말. 높아지는 경계심.

두근, 프레드릭의 심장 고동이 빨라졌군.

"이런, 이래서는 무슨 말을 해도 믿어줄 것 같지가 않군."

"맞아. 뭐, 사실 구멍이 상당히 많기도 하니까. 내 최악의 상상이 틀렸다면 이쯤에서 얘기해줬으면 싶은데. 자, 사지. 당신은 대체 뭐야?"

"…………오케이. 내가 졌어, 비디아."

사지가 천천히 한숨을 쉬었다.

"이게 답이다."

그리고 사지는 눈 깜박할 사이에 흰 가운 품에 손을 넣었고……

―……이 자식!

그 직후, 복도와 계단에 울린 것은 낯선 소리. 하지만 알고 있는 소리.

그것은 두 발의 총소리였다.

사전에 경계하지 않았다면 반응할 수도 없었다.

프레드릭은 총소리가 울린 그 순간, 재빨리 바로 옆에 있던 비디아를 떠밀었다.

그렇게 뻗은 프레드릭의 위팔을, 탄두가 관통했다.

하지만 총소리는 두 번. 그렇다면, 나머지 한 발은…….

"아……."

더스틴의 이마에 작은 구멍이 뚫려 있었다.

벽에 활짝 핀 커다란 빨간 꽃.

생각할 필요도 없다. 즉사다.

"더스…… 틴?"

"으, 으아아아?!"

뒤늦게, 나머지 사람들이 비명을 질렀다.

"……쳇."

사지가 혀를 탄 것은 비디아를 해치우지 못한 탓일까.

프레드릭은 아픔을 참으며, 곧바로 등 뒤에 있는 비디아를 지키기 위해 일어섰다.

하지만, 또 총소리가 울렸고…….

"커, 으……."

"얌전히 있어, 이레귤러."

두 다리에 열기. 허벅지에 총을 맞아서 흔들리는 몸.

하지만, 그래도…… 두근.

프레드릭이 이를 악물자 목이 뜨거워졌다.

"웃기지…… 말라고!"

아프거나 말거나, 사지를 향해 뛰어들었다.

또 총소리가 울리고 옆구리도 뜨거워졌지만, 신기하게도 두렵지는 않았다.

자신이 괴물이라는 사실을 인정하고 싶지는 않지만, 지금 사지를 막지 않으면 여기서 전부 사살 당한다. 그렇게 생각해서, 프레드릭은 힘을 짜냈고…….

"뭐…… 야?!"

기세를 타고 총을 든 사지의 손목을 움켜쥐고, 비틀었다.

"쳇! 이거 놔!"

거의 동시에, 지금 막 생긴 옆구리의 총상에 사지의 무릎이 날아왔지만, 그래도 프레드릭은 멈추지 않았다.

"으아아아아아아아!"

묵직한 아픔을 참아내고, 나머지 손을 사지의 어깨에 얹고서 몸을 앞으로.

프레드릭은 사지를 복도 바닥에 넘어트렸다.

그것은 소위 말하는 마운트 포지션.

"이, 괴물놈이!"

경악한 표정을 짓는 사지.

괴물. 그 말이 가슴을 후벼 팠다.

팔과 양쪽 다리, 그리고 옆구리에도 총을 맞은 프레드릭은 그렇게 불릴만한 행동을 하고 있겠지.

하지만, 무슨 소리를 듣건 지금은.

두근. 가슴 속에서 싹트는 충동.

사고를 뒤덮고 지배해가는 것 같은 감각이, 프레드릭의 몸을 움직이게 했다.

꽈악, 사지의 손목을 쥔 오른손에 힘을 줬더니……

묵직한 반동과 함께, 너무나 간단히, 총을 주니 그의 손목이 부러졌다.

"으아아아아아아악?!"

비명을 지르고 괴로워하는 사지.

말 그대로 쥐어 터트린 손을 놓았더니 그가 쥐고 있던 권총이 떨어졌다.

프레드릭은 자기도 모르게 미소를 짓고, 충동이 이끄는 대로 자유로워진 주먹을 치켜들었다.

그리고, 사지의 얼굴을 향해 있는 힘껏…….

"죽이지 마!"

—!

아슬아슬하게 피하게 한 프레드릭의 주먹이 복도 바닥을 분쇄했다.

만약 지금 내리친 이 주먹이 바로 옆에 있는 사지의 얼굴을 때렸다면. 뒤에 있는 비디아가 소리쳐서 말리지 않았다면.

틀림없이…… 죽였다.

거의 인간이라고 할 수 없는, 이 힘으로.

—나, 나는…….

자위를 위해서기는 했지만, 충동이 이끄는 대로 사람을 죽이려고 했다. 그것도, 웃으면서.

그 사실을 인식하자마자 가슴 속에서 솟아나던 충동이 급속하게 수그러들었고.

"……누가, 끈 같은 것 좀 줘. 이 녀석을 묶게."

사지를 붙잡은 채, 힘겹게 말했다.

몸에서 아픔이 가신다.

조금 전에 생긴 총상에서 흐르던 피는 이미 멈췄고, 녹화한 영상을 거꾸로 돌리는 것처럼 상처가 아물기 시작했다.

지금까지 몇 번이나 있었지만 실제로 그 경과를 보는 것은 처음인, 자신의 이상.

—아니야. 나는, 괴물이 아니야…….

그렇게 생각했다. 그렇게 생각하고 싶어 미칠 지경이었다.

하지만 현실적으로 생각하면 생각할수록, 자신은 괴물일 뿐이었다. 이 이상이 자신의 인간으로서의 마음까지 침식한 것 같은 기분이 들었다.

프레드릭은 연구원들이 사지를 묶는 동안 계속 이를 악물고 있었다.

프레드릭은 더스틴의 눈을 조용히 감겨주고 일어섰다.

살해한 사지가 권총 같은 물건을 가지고 있던 시점에서, 더스틴의 비극은 막을 방법이 없었다. 프레드릭은 그래도, 어쩌면…… 같은 자의식 과잉적인 생각을 했지만, 그런 생각을 하는 시점에서 이미 자신의 사고 자체가 이상해진 것 아닐까 싶은 생각이 들어서 미칠 지경이었다.

　—나는 히어로가 아니다. 물론 괴물도…….

　하지만, 어쨌거나 자신은 살아 있다. 살아남았다.

　그렇다면 끝까지 살아남아서 무사히 탈출하기 위해, 지금 할 수 있는 일을 하기로 했다.

　"이렇게 일이 꼬이다니. 정말이지, 내가 생각해도 바보 같은 짓을 했어."

　사지의 두 손은 ID카드 넥 스트랩을 이용해서 뒤로 묶었다. 조금 전에 프레드릭이 부러트린 손목 부분이지만 상관하지 않았다. 그 탓인지 복도 바닥에 앉아 있는 그의 이마에는 비지땀이 배 있었다.

　그런 사지 앞에서는 권총을 집어든 비디아가 총구를 겨누고 있었다.

　"군에서 제식으로 채용한 권총이네. 당신 정체는 굳이 들을 필요도 없겠어. 사지, 왜 군인이 이런 상황 속에 있는 거지?"

　"굳이 말하자면 전멸 확인 담당이다. 아까 네가 말한 내용은 거의 맞았고, 이건 군의 은밀 작전. 만에 하나라도 생존자가 있으면 곤란하니까. 특히 비디아 댁 같은 인간은."

　"흐응, 의외로 솔직하게 부는데."

　"나는 군의 특수 공작원이지만 쓰고 버리는 장기말 또한 아니지. 이대로 여기서 팔자 좋게 심문이나 하고 있으면, 타임

오버로 나까지 죽게 될 거야. 내가 돌아가건 말건 작전은 예정대로 진행되고, 이 연구소는 통째로 무너질 테니까."

거대한 지하 연구소를 통째로, 성대한 입막음. 조금 전에 비디아가 예측한 것이기는 하지만, 이렇게 군 관계자의 입으로 직접 들으니 오싹한 기분이 들었다.

"하지만 당신한테는 이런 상황에서도 탈출할 방법이 있겠지?"

"물론이지. 댁들이 거의 예상한 바와 같이 감마 섹션의 탈출정이다."

"당신이 더스틴을 죽인 덕분에 그의 생체 인증 ID는 못 쓰게 됐거든. 어떻게 감마 섹션까지 갈 생각이지?"

당연한 질문이었지만, 사지는 의기양양한 얼굴로 대답했다.

"그건 말할 수 없지. 길을 아는 건 나밖에 없으니까, 너희는 날 죽일 수 없겠지."

조금 전에 비디아가 사지를 죽이지 말라고 했던 건 바로 이것 때문이었다. 그가 없어지면 자신들의 탈출 루트를 알 길이 없으니까.

"그래서 말인데, 내가 길안내를 할까 싶거든?"

"당신을 고문해서 불게 만드는 방법도 있는데."

"한 번 해 보시든지. 나는 내 임무를 최소한이나마 수행한다. 불지 않고 시간이 될 때까지 버티면 결과적으로 너희도 죽게 되니까. 그것뿐이다."

그 대답에 비디아가 어쩔 수 없다는 듯이 한숨을 쉬었다.

그리고 비디아는 사지에게 총구를 겨눈 채로 약간 떨어져서, 살아남은 사람들을 가까이로 불렀다. 그리고는 작은 소리로 말했다.

"상황은 불리해. 저 사람 안내에 따르는 수밖에 없지만……너무 여유가 넘쳐. 충분히 경계해."

"또 뭔가 꿍꿍이가 있다는 건가?"

"그래. 어디선가 따돌리려고 들 거야."

"손목을 부러트리고 묶었는데?"

"총도 겨누고 있고……."

연구원들이 의문을 입에 담자, 비디아는 고개를 살짝 저은 뒤에 말했다.

"저렇게 단독으로 행동하는 자들은 특수한 훈련을 받기도 하니까."

"댁처럼?"

프레드릭이 말하자 비디아가 깜짝 놀랐지만, 바로 웃어보였다.

"그런 얘기지. 아무튼 방심하지 마. 어떤 방법인지는 모르겠지만 밀집해 있으면 괴물이 공격하지는 않을 거야. 하지만 갑자기 뛰어서 도망칠 가능성이 있으니까, 프레드릭이 선두를 맡고 중간에 끼워두고 싶은데……."

또 그 얘긴가. 프레드릭은 잠깐 그런 생각을 했지만, 바로 고개를 끄덕였다.

"고마워. 그럼 부탁할게."

비디아는 프레드릭의 어깨를 살짝 두드리고 다시 사지 앞으로 갔다.

그리고 사지의 등에 총을 들이대면서 일어나게 하고는 탈출 루트를 안내하게 했다.

프리드릭을 선두로, 여전히 비상등 불빛밖에 없는 어두운 복도를 걸어갔다.

뒤에는 비디아, 앞에는 프레드릭의 사이에 끼는 모양이 된 사지는, 제일 먼저 조금 전에 제일 아래층에서 봤던 것 같은 플로어 맵 탐색과 확인을 요구했다.

"이 층을 통해서 탈출할 수 있다는 얘긴가?"

"글쎄, 어떠려나."

프레드릭이 묻자 사지가 잡아뗐다. 아무래도 탈출 루트에 도착할 때까지 최소한의 예측 소재 외에는 줄 생각이 없는 것 같다.

역시 대단하다고 할까, 사지는 조금 전 제일 아래층에서 계단까지 도망칠 때의 루트를 거의 기억하고 있었고, 층은 달라도 아래층에서 봤던 플로어 맵이 있는 곳까지 일행을 유지했다.

사지가 예상한대로 그 부분을 찾아보니 얼마 지나지 않아서 벽에 달려 있는 플로어 맵을 발견할 수 있었고, 그것을 확인한 뒤에 겨우 탈출 루트 유도를 시작했는데.

"이봐 프레드릭. 생각이 났다면 심심풀이 삼아서 가르쳐주지 않겠나."

갑자기 프레드릭의 등 뒤에서, 그렇게 말을 걸었다.

"너와 닥터 사이에, 처음부터 이런 예비 계획이 있었나?"

"······예비 계획? 닥터라는 건 누구 얘기지?"

프레드릭은 걸어가면서 솔직하게 대답했다.

"닥터 아스카. 당연히 알고 있겠지?"

문득 머릿속에 떠오른 친구의 얼굴.

분명히 아스카는 『GEAR 프로젝트』를 책임지는 프로젝트 치프다. 기어 세포의 군사무기화를 추진하고 있던 군 관계자들과 면식이 있어도 이상할 것은 없지만······.

"알고는 있지만, 예비 계획이라니? 그게 대체 무슨 소리지."

"내 입장에서 보면, 괴물이 된 자네가 작전을 방해한 셈이니까. 그것도 눈앞에서 사살 당했던 사내가 말이지. 닥터가 날 속였다고 생각할 수도 있고. 합류한다면 제일 먼저 그것부터 따져야겠어."

"아스카한테····· 속았다고?"

"자네가 전부 생각해내면 진상이 밝혀질 텐데 말이야."

프레드릭의 사라진 기억. 한 달 가까이가 비어 있는 그 기간 동안에 일어난 일은 드문드문이나마 기억이 나지만. 그 이전에.

—눈앞에서, 사살 당했다고?

사지는 지금 분명히 그렇게 말했다.

그렇다면 필연적으로······.

"사지, 넌 나와 만난 적이 있었나?"

"그래. 바로 오늘 아침에, 닥터하고 같이. 자네가 엘리베이터 홀에 나타났을 때는 솔직히 깜짝 놀랐지. 자네가 기억상실이 아니었다면 그 시점에서 날 상당히 의심했을 테니까."

—잠깐, 잠깐…… 잠깐만!

사지가 말하는 중에, 프레드릭은 자기도 모르게 이마에 손을 댔다.

오늘 아침이라는 건, 프레드릭의 자신의 연구실에서 눈뜨기 전.

그 직전의 기억은 아주 조금이지만 어느 정도 생각이 났다. 목을 맞아서 괴로워하고, 바닥에서 발버둥치고, 의식이 끊어진. 그런 기억.

—그렇다면…… 나는!

욱신거리는 머리. 두근, 하고 뛰는 심장.

그것은 뭔가가 떠오르기 전의 징조일까. 프레드릭은 갑자기 비틀거리고 발을 멈췄다.

"네가…… 날 쐈다는 건가?"

"이봐, 농담이라도 그런 소린 하지 말라고."

질문의 대답은 상당히 충격적이었다.

"널 쏜 건 닥터니까."

—!!

도저히 모르겠다. 믿을 수가 없다.

하지만 그 말을 들은 순간, 프레드릭의 머릿속에서 지금까지 몇 번인가 있었던 것처럼 기억이 떠올랐다.

영상이, 기억이, 예전에 일어났던 일과…… 이어진다.

『크, 아아, 아아아아아아아아아아아아아악!』

그것은 자신의 머리를 두 손으로 붙잡고 연구실 바닥에서 발버둥 치던 기억.

그 목이, 너무나 뜨거워서. 자신은 마침내 비명도 못 지르게 됐고.

등을 뒤로 젖힌 채 경련하고…… 거기서 시야가 끊어졌다.

그 직전, 자신은 틀림없이 봤다.

권총을 겨누고, 죽어가는 자신을 바라보는 친구.

아스카 R. 크로이츠의, 차가운 눈을.

"……말도 안 돼!!"

프레드릭은 자기도 모르게 큰 소리를 질렀다.

하지만 이렇게 기억의 실이 이어진 이상 그것은 틀림없는 사실.

그럴 리가 없다, 말도 안 되는 일이라고 부정하고 싶지만…… 기억하고 있다. 프레드릭은 지금 분명히 기억해냈다.

아스카가, 프레드릭을 쐈다.

"어째서…… 왜 그런 거야! 아스카!"

어디에 있는지도 모르는 친구를 향해, 소리를 질렀다.

프레드릭은 이유를 찾기 위해서 필사적으로 머리를 쥐어뜯었지만, 기억은 거기서 끝. 다른 기억도 전후관계조차 어둠 속에.

그 때, 사지가 코웃음을 치고 나서 말했다.

"나는 닥터한테서 자네가 군사무기화에 반대하는 입장이고 기밀 유출까지 저지른 위험분자라서 처리하러간다고 들었는데, 아닌가?"

분명히 프레드릭은 기어 세포의 군사무기화에 반대했지만, 그건 아스카도 마찬가지였다. 부분적이나마 되살아난 다른 기억도 생각해보면 자신이 유출한 건 사실이지만, 그것은 아스카 본인이 부탁해서 했던 일이다.

그런데…….

―내가 위험분자? 처리하러 간다고?

어째서 아스카는 사지한테 그런 말을 했을까? 어째서 프레드릭을 쐈을까? 의문이 끊이지 않는데다 짐작도 할 수 없지만, 오래 알고 지낸 사이이기에 아스카가 변심해서 군사무기화를 추진했다고 생각하기는 힘들다.

하지만, 어쨌거나 아스카에게 속았다고 말하는데다, 프레드릭과 달리 기억이 멀쩡해서 현실을 알고 있는 사지의 말에 의하면.

"무슨 재주를 부렸는지는 모르겠지만, 네가 괴물이 된 것이 네가 준비한 게 아니라면 닥터가 꾸민 짓이라고 생각할 수밖에 없어. 죽이는 척 하고 그걸 박아 넣은 건지도 모르지. 우리한테도 숨기고 있는 특제 기어 세포 같은 걸 말이야. 사실 그런 게 정말로 있다면, 이라는 전제에서의 이야기지만."

정말로 그런 게 있다면. 그 의혹에는 프레드릭도 동의했다.

죽은 더스틴도 프레드릭의 상처가 낫는 모습을 보고 놀랐지만, 프레드릭이 알고 있는 한에서도 단순히 기어 세포를 이식했다고 해서 이런 재생 능력을 발휘하지는 않는다. 그리고 세포 연구라는 건 겨우 한 달 정도의 짧은 시간 동안에 극적으로 진보하지 않는다.

하지만 현실적인 문제로, 프레드릭의 상처 재생은 기어 세포의 효능이 아니면 설명할 수 없는 것도 사실이다. 그 이상의 뭔가가 있다고 생각하는 것이 자연스럽다는 생각이 들었다.

그래서 더 알 수 없게 됐다.

─대체 무슨 생각이야, 아스카…….

프레드릭을 쏜 것만 생각하면 아스카가 배신했다는 것으로 끝낼 수 있을지도 모른다. 하지만 그걸로 끝나지 않고 프레드릭을 이렇게 괴물로 만들기까지 했다면, 그 의도를 도저히 알 수가 없다.

─날 이렇게 만들어서, 대체 뭘 하고 싶은 거지?

영문을 알 수 없는 일들이 너무 많아서 짜증과 친구에 대한 불신감만 솟아난다.

프레드릭은 자기도 모르게 있는 힘껏 벽을 때렸다.

핑음과 함께 벽에 박힌 주먹이 자신이 괴물이라는 사실을 증명해주는 것 같아서 너무나도 기분이 나빴다.

─하하. 너무 말도 안 되는 일이라서 웃음만 나오네.

하지만 영문도 모를 일들에 대해 생각해봤자 소용없다. 프레드릭은 일단 고개를 젓고, 이 의혹에 일단 매듭을 짓기로 했다.

"너무 그러지 말라고. 나로서는 닥터가 정말로 배신했는지 확인하기 위해서라도 네가 전부 기억해냈으면 싶었는데……."

"만약에 기억이 돌아온다고 해도, 그건 내가 직접 아스카한테 확인하겠어."

지금 눈앞에 있는 군 관계자…… 사지가 속았다고 생각하는 이상, 아스카에게는 프레드릭이 모르는 어떤 의도가 있었을 것이다.

지금은 그렇게 믿으며 우선 살아남고, 아스카를 만나서 직접 따져야겠다고 생각했다.

"그걸 확인할 수 있으면 좋겠군."

눈앞의 사지는 이런 상황에서도 탈출할 가능성을 전혀 의심하지 않는다.

그런 사지가 아까 말했다. 아스카에게, 합류하면 따져야겠다고.

군 관계자인 사지가 합류한다는 말을 쓴 것을 보면, 아스카도 감마 섹션에 남아 있을지도 모른다.

이 일련의 사태가 군의 폭주라는 배경을 알게 된 이상, 최소한 『GEAR 프로젝트』의 중심에 있는 아스카와 아리아의 신병은 안전하다고 생각해도 되겠지.

아스카의 의미를 알 수 없는 행동에 대해서는 잘 모르겠지만, 그 날 연구소 밖에서 봤던 쓸쓸해 보이는 표정이나 기억이 되살아난 연구 내용 유출의 전말 등을 생각해보면, 군의 협박에 의해 강요당했다고 생각할 수도 있다.

그것을 본인에게 직접 확인하기 위해서라도. 어쩌면 그가 바란 대로 비디아라는 첩보원의 협력을 통해, 외압에 의해 그의 상황을 바꿔주기 위해서라도.

─살아남으면 기회는 있다.

프레드릭은 그렇게 믿고, 다시 복도를 걸어갔다.

그 때, 사지가 천천히 프레드릭에게 다가와서 묘하게 작은 소리로 말했다.

"아, 프레드릭. 그런데 지금 몇 시 몇 분이지?"

프레드릭은 문득 시계를 보며 대답했다.

"지금? 15시 47분 10분 전이다."

"초까지, 정확하게."

"초? 지금 16초가……."

"자, 그만."

그 때, 갑자기 비디아가 끼어들었다.

"사지? 그걸 물어서 어쩔 생각이지?"

"작전 시간 확인이야, 비디아. 중요한 일이지. 그럼 계속 가자고. 프레드릭, 거기서 왼쪽. 그리고 다음에 오른쪽이다."

사지가 다시 안내를 시작했다.

비디아는 잠깐 눈살을 찌푸렸지만, 사지가 움직이면 선두에 있는 프레드릭도 움직일 수밖에 없다. 그가 말하는 대로 걸어갔더니 눈앞에 커다란 T자형 통로가 보였다.

"프레드릭, 거기서 왼쪽으로 가면 골이다."

"골? 막다른 곳인데."

앞서서 모퉁이에 서 있는 프레드릭에게는 복도 끝부분이 보였다.

하지만, 그 때 사지가 씩 웃더니…….

"거기가 맞아. 3, 2, 1……."

갑자기 카운트다운을 시작한 사지의 목소리가 0이 된 그 순간.

사비가 갑자기 프레드릭을 제치고 뛰쳐나갔다. 그리고 그대로 복도 모퉁이를 돌았다.

한 박자 늦었지만, 프레드릭도 따라가기 위해서 달려 나갔다.

—막다른 곳으로 가서 어쩔 셈이지?

그 직후.

갑작스런 폭음과 진동.

순식간에 휘몰아치는 폭풍과 흙먼지.

—어……?

갑작스런 폭풍의 압력에 자기도 모르게 주저앉은 프레드릭의 시야에는 흙먼지에 반사된 비상등의 녹색과 빨강색. 둘이 합쳐진 노란 혼합색.

무슨 일이 일어났는지, 바로 알아차렸다.

지금 막, 갑자기 폭발이 일어난 것이다.

그것도 프레드릭 일행의 후방, 바로 가까이에서.

—이게…… 무슨?

그 폭음 속에서, 프레드릭은. 정확히 말하자면 그의 청각은 두 개의 소리를 들었다.

폭음 속에서 사라진 연구원의 비명.

그리고 뼈가 부서지는 기분 나쁜 소리.

"젠장…… 비디아! 이봐! 살아 있나?!"

프레드릭이 외쳤지만 대답은 없었다.

하지만 바로 옆에서 콜록콜록하는 기침 소리가 들렸다.

그 소리에 의지해서 연기를 헤치고 다가가보니, 비디아가 바닥에 주저앉아 있었다.

"운이 좋은 건지 나쁜 건지⋯⋯."

아무래도 비디아는 무사한 것 같지만, 그녀의 무릎 위에 얹혀 있는 모양으로 연구원 한 명이 쓰러져 있었다.

―?!

폭발의 여파⋯⋯ 날아온 파편 같은 것에 등을 제대로 맞은 걸까. 흰 가운의 등은 피투성이였고, 그는 더 이상 숨을 쉬지 않았다.

이것이 뼈 부서지는 소리의 정체라면 나머지 또 하나, 폭음에 묻혀 사라진 비명의 정체는 틀림없이⋯⋯.

―제대로 휘말렸다는 뜻인가.

숨소리도 들리지 않고 기척도 느껴지지 않는다.

폭발의 연기가 점점 가라앉았지만, 다른 한 사람의 모습은 확인할 수 없었다.

그 대신이라고 하기는 그렇지만 벽에 커다란 구멍이 뚫린 것이 보였다.

지금까지 계속 어두웠고 비상등 불빛밖에 없었는데, 구멍 너머에서는 밝은 조명의 빛이 나오고 있었다.

그것은 마치 하늘에서 내려오는 희망의 빛.

"벽을 폭파해서 루트를 만들다니, 이게 무슨⋯⋯."

"감마 섹션과 연결된 건가?"

"정답."

그 때, 프레드릭 옆을 지나가는 기척이 느껴졌다.

비디아는 눈앞, 그렇다면 그것은 조금 전에 도망친 또 한 명이 틀림없다.

"사지! 너!"

그는 폭발이 일어나기 직전에 모퉁이를 돌아서 위험을 피했겠지. 그 사이에 관절이라도 빼서 줄을 푼 것인지, 눈앞에서 ID카드의 스트랩을 내던졌다.

"하하하! 원하는 대로 탈출 루트를 만들어줬다! 피날레의 시작이다!"

그렇게 소리치고, 사지는 감마 섹션으로 들어갔다.

"미안…… 덕분에 살았어."

비디아도 알아차렸는지, 무릎 위에 있는 사람에게 마지막 인사를 하고 일어섰다.

"쫓아가자! 프레드릭!"

"알았어! 여기서 저 놈을 놓치면 끝장이야!"

프레드릭과 비디아도 사지를 쫓아서 벽의 구멍으로 뛰어들었다.

평소에는 당연하게 여겼을 조명이 너무 눈부셔서 자기도 모르게 눈을 찌푸렸다.

감마 섹션의 플로어는 완만한 언덕이 나선을 그리는 것처럼, 하나의 복도가 계속 이어져 있었다. 그 바깥쪽에 각 연구실의 문이 줄지어 있는, 그런 구조다.

그런 나선 중앙에 있는 공동 아래를 내려다보니, 사지는 이미 몇 층 정도 아래에 있었다.

그 뒤를 쫓아서, 프레드릭도 뛰어갔다.

―뛰어내리면 따라잡을 수 있을까?

잠깐 그런 생각도 했지만, 바로 고개를 저었다.

―무슨 바보 같은 생각을, 난 만화에 나오는 히어로가 아니라고!

설령 자신이 이미 괴물이 되었다고 해도, 보통 사람만큼의 공포는 느낀다. 그런 생각을 할 틈이 있으면 뛰어서 쫓아가는 쪽이 현실적이라고 생각했다.

다리에 힘을 주고 한 걸음 한 걸음 있는 힘껏 내디디는 사이에, 뒤따라오는 비디아와의 거리가 점점 벌어졌다.

뛰어가는 사이에도 몇 번이나, 몇 번이나 뒤쪽에서 진동이 울렸다.

사지가 소속된 군의 작전이 이 지하 연구소를 통째로 입막음. 조금 전에 그가 피날레라고 말한 이상, 아마도 본격적인 폭파, 붕괴가 시작됐다고 봐야겠지.

하지만 감마 섹션이 튼튼한 건지 아니면 사지가 탈출했을 때 마지막으로 폭파하는 것인지, 다른 섹션에서의 진동만이 울릴 뿐이고 대규모 폭발은 일어나지 않았다.

그렇다면 아직 늦지 않았다고 믿고, 프레드릭은 사지를 쫓아갔다.

중간에 주위를 둘러보니 이 감마 섹션도 지금까지 프레드릭 일행이 경험했던 이상과 똑같은 상황이라는 것을 알 수 있었다.

피로 물든 흰 가운을 입은 연구원들 여러 명이 복도 중간에 쓰러져 있었다. 그 시체는 몸 일부가 없어나 내장이 튀어나와 있는 등, 봐주기 괴로울 정도로 처참했다.

그 시체가 끼어 있는 탓에 계속 열렸다 닫혔다를 반복하고 있는 연구실의 자동문 안쪽에도 마찬가지로 처참한 광경이 펼쳐져 있었다.

전원이 살아있고 빛이 있기는 하지만, 아니, 빛이 있기 때문에 베타 섹션에서 일어났던 비극보다 훨씬 처참해 보였다.

게다가 감마 섹션 제일 아래층으로 가는 사이에, 복도에서 보이는 처참한 시체와 마주치는 회수가 점점 더 늘어났다.

아래로 가면 갈수록 피해가 커졌다.

—어째서 이쪽까지 이렇게 된 거지?!

그 대답은 뛰어가는 사이에 어느 정도 예상할 수 있었다.

시체의 피가 거의 말라 있었다.

제일 먼저 알파 섹션에서 폭발이 일어났고 이상사태가 시작됐다. 그리고 군이 폭파를 이용해서 탈출 루트를 봉쇄한 탓에 베타 섹션에 있던 사람들이 갇히게 됐는데, 거기서 돌아다니던 그 괴물들은 어디서 왔을까.

아마도, 이것이 그 답이다.

—이쪽에서 올라왔다는 건가?

안전지대. 희망의 길이라고 생각했던 감마 섹션에서, 사실은 모든 일이 시작됐던 것이다.

그런 생각을 하며 나선 복도를 달려가던 프레드릭은, 문득 복도 바깥쪽에 줄지어 있는 연구실의 문을 봤다.

나선 중심에서 아래쪽을 보니 앞으로 얼마 남지 않았다. 그런 위치에서, 커다랗게 『1』이라는 숫자가 적혀 있는 문. 이것은 아마도 제일 아래층에 있다는 그 특별 연구실의 번호겠지.

다음에 나타난 『2』라고 적힌 문을 봤을 때, 프레드릭의 머릿속에 더스틴의 얼굴이 떠올랐다.

원래는 여기서 탈출해야 했을 텐데. 반쯤 열려있는 문틈으로 안을 들여다보니, 내부는 폭발이라도 일어난 것처럼 엉망진창이었다.

그것은 한 눈에 봐도 괴물의 짓이 아닌 인위적인 파괴공작.

베타 섹션의 비상용 엘리베이터도 폭파를 이용해서 봉쇄했다. 군에 의한 지하 연구소 전체의 입막음이라는 사태의 중심을 알게 된 지금이라면 알 수 있다.

반대 입장에서 생각해보면, 다른 특별 연구실의 탈출정 같은 탈출 수단을 제일 먼저 막아둬야 하겠지.

이어서 『3』, 『4』 순서로 나선 계단을 뛰어 내려가 보니, 앞서가던 사지가 벽에 있는 연구실로 들어가는 모습이 보였다.

그곳은 나선 복도의 종착점에 있는, 지하의 깊이로 봐도 말 그대로 제일 아래. 『6』이라는 숫자가 적힌 특별 연구실이었다.

사지를 따라서, 프레드릭은 수십 초 늦게 그 제6 특별 연구실로 들어갔다.

그랬더니 거기에는 예상치 못한 광경이 펼쳐져 있었다.

프레드릭은 깜작 놀랐다.

—뭐야…… 여기는!

방, 이라고 부를 수준이 아니다.

천장도 높은 그곳은, 대규모 체육관이나 대형 홀이라고 불러야 할 넓이. 벽에는 대형 스크린이 여러 개 있고, 데스크에 박혀 있는 고정형 단말의 숫자도 이상할 정도로 많다.

하지만 더 이상 쓸모가 없는 건지, 그 연구실 중심에는 울타리가 달린 큰 구멍이 존재했다.

바닥이 보이지 않는 깊고 깊은 구멍. 그런 원형 구멍을 둘러싼 모양으로 녹색 액체를 채운, 하지만 텅 비어 있는 거대한 원기둥형 캡슐들이 여러 개 난립해 있다.

아마도 여기가 이번 사태의 진원지겠지.

그리고 이 캡슐에서 지금까지 마주쳤던 괴물들이 해방됐고, 이 지하 연구소의 비극이 시작된 것이다.

—그 놈은, 어디 갔지?

난립해 있는 만큼 입구 쪽에서의 시야를 가로막는 캡슐들.

프레드릭은 너무 넓은 특별 연구실 내부를 둘러보며 사지를 찾았다.

"프레드릭! 사지는?!"

그러는 사이에 비디아도 도착했다.

"잠깐만, 이건……."

프레드릭처럼 주위를 둘러본 비디아도 눈이 휘둥그레졌다.

"설마 여기에 이런 시설이 있었다니…… 등잔 밑이 어둡다는 말이 맞았어. 다른 곳을 아무리 뒤져봐도 나올 리가 없지."

그 때, 멀리 떨어진 캡슐 뒤쪽에서 찾는 사람의 목소리가 들려왔다.

"미안하지만 일이 조금 귀찮아졌다. 해제키를 부탁한다."

프레드릭의 청각이 포착한 목소리가 들려온 쪽을 보니, 캡슐 뒤쪽에 사지의 모습이 얼핏 보였다.

사지는 누군가와 교신하고 있는 것인지, 거대한 캡슐 아래에 있는 콘솔은 왼손만 가지고 재주 좋게 조작하고 있었다.

어쨌거나, 찾았다.

프레드릭과 비디아는 바로 사지를 쫓아갔지만⋯⋯.

"아, 역시 왔군. 군의 비밀 실험장에 온 걸 환영한다."

사지가 천천히 이쪽을 봤다.

그 옆에 있는 캡슐은 다른 것들과 달리 내용물이 들어 있었다.

프레드릭은 직감적으로 그 내용물이 지금까지 마주친 괴물들과 같은 존재라는 것을 알았다.

"⋯⋯회색 곰."

비디아가 경계하는 목소리로 말했다.

"정답. 그리즐리라고 불리는 종이지."

이게 사지가 여유를 부리는 이유였나.

거대한 캡슐 안에서 녹색 액체가 빠져나간다.

"기밀은 전부 가지고 나갈 수 있도록. 자네들의 희망대로 저 에어록 너머에 탈출정이 있다."

사지가 엄지손가락으로 가리킨 것은 뒤쪽 벽.

비행기나 잠수함에 있는 것 같은, 한 눈에 봐도 두꺼워 보이는 문이 벽 한쪽에 박혀 있었다.

"단, 정원은 한 명. 그 자리에는 당연히 내가 앉는다."

사지의 말이 끝났을 무렵에는 뒤에 있는 캡슐의 액체가 전부 빠졌고, 투명한 칸막이가 기계 소리를 내며 내려갔다.

"너희는 여기서 이 실험병기에 죽는 거지."

그 순간에 떠진 그리즐리의 눈이 괴상하게, 빨갛게 빛났다.

그리즐리가 싸울 태세에 들어간 순간, 비디아가 외쳤다.

"하지만, 동물이니까 머리를 쏘면⋯⋯!"

그리고 조금 전에 사지한테 빼앗은 권총을 발포.

연속으로 세 발, 넓은 특별 실험실에 총소리가 울린다.

그 총알은 전부 그리즐리에 명중했다. 두 발은 머리에, 한 발은 어깨에 맞았지만, 잠깐 크엉, 하는 짐승 울음소리가 울렸을 뿐이다.

"이럴 수가⋯⋯ 소용없잖아?"

"기어 세포의 군사무기화는 이미 실용 단계. 이 녀석은 죽이려면 총이 아니라 대포가 필요할 거야."

피가 조금 튀기는 했지만, 그리즐리는 아무 일도 없었다는 듯이 천천히, 캡슐 속에서 내려왔다. 그 몸에서 후두둑, 관통하지 못한 탄환이 떨어졌다.

동물적인 본능일까, 그리즐리가 발톱을 핥고 머리를 긁고는 주위를 둘러보며 콧김을 내뿜었다.

그러는 사이에도 비디아는 계속 총을 쐈지만⋯⋯.

"누구씨랑 똑같다는 얘기네⋯⋯."

그리즐리의 머리에, 어깨에, 몸통에 생긴 총상은 마치 녹화한 영상을 거꾸로 돌리는 것처럼 순식간에 사라져버렸다.

전에 프레드릭의 상처가 아물었던 때와 마찬가지로.

◆　　◆　　◆

작은 잠수함처럼 생긴 타원형 탈출정.

아스카는 그 안에 준비된 항공기 같은 좌석에, 군의 연구원들과 함께 앉아 있었다.

연속으로 울리는 작은 진동. 그것은 아마도 군의 작전대로 이 지하 연구소를 폭파, 파괴하기 위한 것이겠지만, 아스카로서는 약간 의외였다.

자신, 그리고 아리아의 냉동 수면 캡슐과 반출한 자료들이 전부 이 탈출정에 실려 있으니 바로 탈출할 거라고 생각했다.

그런데 시트 벨트까지 착용했지만 일이 전혀 진행되지 않았다.

'뭔가를…… 기다리고 있나?'

그렇다면 대체 뭘 기다리는 걸까.

아스카는 지금까지 자신에게 총을 겨누고 있던 체격 건장한 사내…… 정확히는 군에서 보낸 자신의 감시역에게 은근슬쩍 물었다.

"폭발이 꽤 많이 일어난 것 같은데, 언제 탈출하는 거지?"

"……걱정하지 마. 약간 계산 착오가 있었을 뿐이니까."

감시역이 탈출정 벽에 있는 고정 단말을 보며 말했다.

"뭐, 금세 정리될 테니까."

"……뭔가 귀찮은 일이라도 일어났나보지."

아스카가 또 묻자, 남자는 어깨를 으쓱거리고 코웃음을

첬다.

"뭐, 부정은 안 하겠다. 기억하나, 오늘 아침에 너를 감시하던 친구."

"아마…… 사지라고 했었지. 그 사람이 어떻게 됐나? 어느샌가 안 보이던데."

그 덕분에 아스카의 감시역이 이 남자로 변경됐는데, 오늘 아침 일찍 아스카에게 군의 급한 지시를 전하고 이상한 짓을 하지 않도록 감시했던 것은 분명히 사지라는 남자였다.

그의 모습이 보이지 않게 된 것은, 도박 같은 행위를 했던 아스카에게 상당한 긴장감을 주는 원인이 되기도 했다.

"사지한테는 추가 임무가 있었는데 말이야. 어디서 바보짓을 했는지 엄청난 덤을 달고 온 것 같더군."

감시원이 한심하다는 듯이 어깨를 으쓱거렸다.

"저쪽이 끝나면 바로 출발할 텐데…… 아, 그렇지."

남자는 뭔가 좋은 생각이 났다는 것처럼 씩 웃었다.

"기왕이면 닥터도 봐두겠나? 생각지도 못한 좋은 실험이 시작됐거든. 그 소감이 앞으로 연구에 도움이 되지 않을까."

그렇게 말하고, 남자는 고정 단말 앞자리에서 일어나더니 아스카에게 그 모니터를 보라고 했다.

'이제 와서, 실험……?'

아스카는 잠깐 의문을 품었지만, 그 특별 연구실에 남아 있던 개체는 하나뿐이다.

아스카가 모르는 곳에서 만든, 군의 실험병기라는 거대한 곰.

"알았어……. 한 번 보지."

이미 아스카의 손을 떠나기 시작한 『GEAR 프로젝트』. 그 중에서 군이 어디까지 실현했는지는 중요한 요소다.

아스카는 시트 벨트를 풀고 남자가 양보한 자리로 이동했다.

그리고 눈앞의 모니터를 보니 제일 먼저 눈에 들어온 것은 그 거대한 곰. 그 옆에 사지가 서 있는데, 지금 그와 마주보고 있는 상대는…….

"?! 프레드릭?!"

아스카는 하마터면 자리에서 일어날 뻔 했다.

"뭐야, 아는 사람인가?"

"그, 그래…… 그럭저럭 아는 연구원이거든. 설마 살아 있을 줄은 몰랐는데."

씁쓸하게 웃으면서 대답했지만, 마음속으로는 펄쩍 뛰고 싶을 정도로 기뻐하고 있었다.

프레드릭 불사라. 지금까지 함께 기어 세포 연구에 종사했고, 기초 이론 구축 초기 단계부터 계속 자신을 도와준 친구가, 지금 모니터 너머에 살아 있다.

그것이 의미하는 것은 단 하나.

'다행이다…… 프레드릭, 『씨앗』과 적합했구나.'

아스카에게는 무엇보다 큰 성과 확인이었다.

도박에서 이겼다.

앞으로 시간이 얼마나 걸린다 해도, 이것은 최악의 시나리오를 회피하는 것과 이어진다. 아스카가 생각했던 미래의 도식은 머지않아 성립된다.

'설령 최소한이라고 해도, 이걸로…….'

희망은 이어진다.

그렇게 생각했기에, 아스카는 떨리는 주먹을 꽉 쥐고 기쁨의 목소리를 참았다.

"아는 사람의 살육 쇼는 보고 싶지 않으려나?"

"아니, 문제없어. 말 안 했나? 아는 사람이라고. 죽어주는 쪽이 도움이 돼."

이 감시역들에게 아스카의 생각이 들키면 모든 것이 수포가 될 수도 있다. 게다가 도백의 과정을 지켜본 사지가 저기에 있다.

아침 시점에서 감시역이었던 그는 지금, 당연히 아스카에 대해 의문을 품고 있을 것이다. 그렇다면 머잖아 일어날 그때를 위해서라도 아스카는 광대 짓을 해야만 한다.

설령 그것 때문에 프레드릭을, 친구를 배신하게 되더라도.

"오히려 군의 연구성과를 볼 수 있게 된다는 점이 흥미롭군. 솜씨를 한 번 보도록 하지."

아스카는 연구자의 표정을 짓고 모니터를 잡아먹을 것처럼 들여다봤다.

하지만 그 시선이 바라보는 것은 결코 군의 실험병기 따위가 아니다.

'살아줘, 배덕의 불꽃(프레드릭)…….'

그저, 희망을 이어갈 친구만을 보고 있었다.

제5장 『각성』

"누구씨랑 똑같단 얘기네……."

순식간에 상처가 아물어 버리는 그리즐리를 보고, 비디아가 곤혹스런 목소리로 말했다.

"솔직히 나도 프레드릭을 보고 놀랐었지. 이젠 아무래도 상관없는 일이겠지만."

사지가 단말을 가볍게 조작하자 제6 특별 연구실의 문이 큰 소리를 내며 닫혔다.

—갇혀버렸나? 그런 짓을 하면…….

이 밀실 안에서 눈앞에 있는 그리즐리와 술래잡기를 해야 한다.

상상만 해도 오싹했지만, 사지도 무사할 리는 없을 텐데.

하지만, 그에게는 뭔가 확신이 있는 건지.

"도망치진 못한다고 첩보원 양반…… 비디아, 널 찾아내서 죽이는 게 내 임무였거든. 여기서 확실하게 처리해주지."

그렇게 선언하고는 왼손으로 손목이 부러진 오른팔을 쓸어내렸다.

위팔에 차고 있었던 걸까. 사지의 오른쪽 손목에 팔찌가 나타났다. 무기질적인 회색에 장식이라고는 없고 실용적으로 보이는 그것은 시계처럼도 보였다.

"해치워라, 그리즐리."

사지가 말한 순간, 발톱을 핥고 머리를 긁으며 얌전하게 굴던 그리즐리가 뭔가를 알아차린 것처럼 퍼뜩, 고개를 들었다.

그리고 불길한 빛을 내던 붉은 눈동자가 더욱 밝게 빛났다.

"쿠오오오오오오오오오오오!"

큰 소리의 포효.

그 직후, 네 발로 달려오는 거구.

―! 빠르다?!

일반적인 그리즐리의 평균속도만 해도 무려 시속 60킬로미터 정도라고 하는데, 이 돌진은 그보다 더 빨랐다.

갑작스런 일에, 프레드릭은 무의식중에 옆으로 뛰었다.

재빨리 난립한 캡슐 아래에 있는 단말 뒤에 숨어 상대를 살폈지만, 그리즐리는 프레드릭 일행이 돌진을 피하자마자 바로 발을 멈췄다.

그리고는 이쪽으로 몸을 돌리고, 다시 돌진해왔다.

"으…… 아앗?!"

유리 깨지는 소리와 함께 캡슐을 파괴하며, 그리즐리의 거구가 프레드릭을 덮칠 기세로 달려왔다.

장애물이 있건 말건 신경도 쓰지 않는 그 행동에 프레드릭은 그저 도망칠 수밖에 없었다.

특별 연구실 중앙에 뚫려 있는 큰 구멍 때문에 도망칠 방향도 한정돼 있었다. 까딱 잘못해서 저기에 빠지는 일만은 피하고 싶었다.

하지만 아무리 도망쳐봤자 저쪽이 훨씬 빨랐다. 이대로는 금세 따라잡힐 것이다.

도망칠 수 없는 이상, 역시 싸우는 수밖에 없겠지만, 아쉽게도 무기가 없었다.

"큭큭큭, 도망치기만 하면 미래는 열리지 않는다고. 자, 또 간다?"

어딘가 단말 뒤에 숨어 있는지, 보이지 않는 사지의 목소리가 들려온다.

"조작하고 있는 건가?"

"그렇다면…… 발신원을 노려야지!"

비디아가 연속으로 총을 쐈지만 어딘가 장애물에 맞은 건지, 맑은 금속성 소음만이 울릴 뿐이었다.

"그렇군, 날 노리겠다는 건가. 나쁜 판단은 아니지만, 그래도 되려나?"

프레드릭을 노리던 그리즐리가 갑자기 방향을 바꿔서 비디아 쪽으로 세차게 돌진했다.

"그쪽으로 간다!"

"……?!"

비디아는 그 돌진을 휙, 가볍게 피했다.

마치 영화의 액션 신을 보는 것처럼, 그녀는 한 바퀴 구른 뒤에 바로 일어나서 두 손으로 권총을 겨누고, 그리즐리를 향해서 쐈다.

고개를 돌린 그리즐리의 이마에 총상이 생겼지만, 역시 너무 얕은 걸까. 관통하지 못한 탄두가 바닥에 떨어졌고, 상처가 바로 재생되기 시작했다.

하지만, 아주 잠깐이기는 해도 덩치의 움직임이 멈췄다.

비디아는 혀를 차면서 프레드릭 쪽으로 뛰어왔다.

"말도 안 돼. 총알도 얼마 없는데⋯⋯."

"사지를 죽이면 저 그리즐리가 멈출까?"

"그건 모르겠지만, 조작한다고 해도 그렇게까지 완벽하지는 않을 거야. 근처로 끌어들인다면⋯⋯ 프레드릭, 내가 사지를 몰아붙일게. 저 곰을 사지 쪽으로 유도해."

"⋯⋯말은 쉽지."

이런 몸이 되기는 했지만, 프레드릭은 사지나 비디아처럼 특수한 훈련을 받은 것도 아니다. 말하자면 일반인이다.

그래서 연속으로 덮쳐오는 그리즐리를 피하는 게 고작인데.

"온다!"

"에잇, 젠장!"

하지만 돌진해온 그리즐리가, 이번에는 눈앞에서 멈췄다. 아니, 돌진한 기세를 타고 두 발로 섰다고 해야 할까.

하지만 그것은 좌우로 갈라져서 피한 프레드릭과 비디아에게는 예상치 못한 행동이었다.

—페인트?!

피했다고 생각한 프레드릭에게, 그리즐리가 옆으로 휘두른 팔이 날아왔다.

—⋯⋯아.

끝났다고, 직감했다.

하지만⋯⋯ 두근.

거센 고동. 아직 포기하기엔 이르다고 말하는 것처럼……

목이, 뜨겁다.

"크, 아아아아아아아아아악!"

받아낼 수 없다고 생각한 프레드릭은 두 팔을 교차했고, 충격이 느껴진 순간에 재빨리 지면을 박찼다.

팔에 느껴진 절대적인 충격과 뼈가 울리는 소리.

직전에 뛰어서 충격은 많이 줄였지만, 결과적으로 프레드릭은 나선을 그리면서 멀리 날아가 버렸다.

"크…… 허윽?!"

낙법도 못하고, 캡슐에 직격하는 몸.

홀 중앙…… 큰 구멍 쪽으로 날아가지 않은 건 다행이지만, 파괴된 캡슐의 커다란 파편이 배에 꽂혀서 피를 잔뜩 토했다.

하지만.

―하…… 하하.

프레드릭은 자기도 모르게 웃고 말았다.

그리즐리처럼, 지금 막 생긴 상처가 아물어 간다. 아픔을 느낀 순간, 그 아픔이 사라지기 시작한다.

그것은 자신이 저 그리즐리처럼 괴물이라는 증거. 하지만, 오히려 지금까지보다 재생 속도가 더 빨라졌다.

―정말, 웃기고 있네.

프리드릭으로서는 아직까지도 인정하기 힘든 사실이지만.

부상의 성과라고나 할까, 의도치 않게도 프레드릭이 충돌한 캡슐 옆에 사지가 있었다.

"여어…… 이런 우연이 다 있네."

"쳇, 괴물 자식!"

사지는 바로 프레드릭한테서 떨어지려고 뛰어갔지만, 그 발밑에 총격. 비디아의 위협이 사지의 발을 멈추게 했다.

그리고 캡슐에서 뛰어내린 프레드릭의 뒤에는 돌진해오는 그리즐리.

이대로 그리즐리를 향해 사지를 던져버릴까. 그렇게 생각하고, 프레드릭은 손을 뻗어서 사지의 팔을 잡았지만…….

"아니……?!"

거의 동시에, 다리를 얻어맞고 몸이 공중에 떴다.

"크억?!"

바닥에 등을 세게 부딪치고, 허파에 있던 공기를 전부 토해냈다. 이어서 찾아온 돌발적인 호흡곤란. 그것은 유도에서 말하는 메치기였다.

"우습게보지 말라고, 프레드릭."

오른쪽 손목이 부서진 사람이라고는 생각할 수도 없는 그 기술은, 역시나 훈련을 받은 군 관계자이기 때문일까.

전에는 총격을 받으면서도 넘어트리는 모양으로 사지를 포박했지만, 이번에는 정 반대의 결과가 됐다.

하지만, 그리즐리의 돌진은 이미 코앞까지 와 있었고…….

―……어?

그대로 같이 말려들 거라고 생각했던 프레드릭은 자신의 눈을 의심했다.

그리즐리가 브레이크라도 사용한 것처럼 살짝 미끄러지더니, 사지의 눈앞에서 정지했다.

"비디아가 예상했었지?"

사지가 프레드릭을 내려다보며 빙긋 웃었다.

그리고는 손목에 찬 팔찌를 보여주면서 말했다.

"날 공격하지 않는다고."

—?!

사지가 프레드릭의 배를 걷어차서 거리를 벌렸다.

그 순간, 그리즐리가 포효하며 다시 움직이기 시작했다.

"이런?!"

굵직한 팔로 바닥을 퍼올리는 듯한 일격.

발톱이 몸에 박히고, 프레드릭은 다시 허공으로 날아갔다.

슬로 모션 같은 시야에 보이는, 너무 넓은 연구실.

지금 자신이 토한 피가 알갱이처럼 보인다.

프레드릭의 몸이 천천히 낙하하기 시작한다.

조금 전에는 캡슐에 충돌하는 정도로 그쳤지만, 이번에는 운도 없이…… 연구실 중앙, 큰 구멍 쪽으로 날아가고 있다.

—떨어진…… 다?

큰 구멍 주위에 있는 울타리를 향해, 필사적으로 손을 뻗었다.

하지만 그 손은 미끄러지고 말았고.

프레드릭의 손은 그 바로 밑. 구멍 가장자리를 간신히 붙잡았다.

"젠…… 장!"

벼랑 끝. 뻗은 손을 기점으로 몸이 흔들렸다.

아래를 보니 그 구멍은 마치 나락과도 같은, 바닥이 보이지 않을 정도로 깊은 것이었다.

떨어지면 끝장. 프레드릭은 두 팔에 힘을 주고 간신히 가슴 높이까지 구멍 가장자리로 몸을 끌어올렸지만, 거기서 다시 한 번 피를 토했다.

더 이상 몸을 들어 올릴 수가 없다. 상처 재생은 시작된 것 같지만, 그리즐리의 팔에 맞은 충격은 아까 그것보다 훨씬 대미지가 커서, 아직 제대로 힘이 들어가지 않았다.

물론 이대로 조금 지나면 회복되고 자기 힘으로 기어 올라갈 수도 있겠지만, 양쪽 팔꿈치를 가장자리에 얹기는 했어도 몸 절반이 구멍 안쪽에 매달려 있는 이 상태는 틀림없는 궁지. 사지가 느긋하게 기다려줄 리도 없다.

"살아있지?! 프레드릭!"

비디아가 달려왔다.

그 뒤에서 천천히 다가오는 그리즐리.

끌어올리려고 해도, 이미 늦었다.

"도망…… 쳐, 비디아!"

그렇게, 소리를 쥐어짜서 외쳤다!

하지만, 비디아는 이 상황에서도 뭔가 생각이 있는 걸까.

"그대로 꼭 잡고 있어. 알았지? 절대로 놓으면 안 돼?"

진지한 얼굴로 말하고는, 프레드릭에게 등을 돌리고 그리즐리와 대체했다.

그것은 지극히 위험한 행위. 프레드릭 같은 괴물이 됐다면 또 모를까, 보통 사람이 그리즐리의 일격을 맞았다가는 즉사하고 말 것이다.

"뭘 하려는 거야! 비디아!"

"생체병기라고 해봤자 결국 동물이잖아. 그렇다면, 그 습성은 어떨까?"

그리즐리가 팔을 치켜들었다.

그 순간, 비디아는 프레드릭의 왼쪽 방향으로 뛰어갔다.

"도망치는 걸 쫓아가는 게 곰의 습성이지!"

그 말대로, 그리즐리는 비디아를 쫓아가기 시작했다.

하지만 그 거리는 점점 좁혀졌다.

기다리는 미래는 빠르게 달려오는 차에 치이는 것 같은 충돌일까, 아니면 이빨에 물리는 것일까. 어쨌거나 비디아는 도망칠 수 없다. 언젠가 따라잡힐 것이 분명하다.

하지만 비디아는 무슨 생각인지, 큰 구멍 주위를 한 바퀴 도는 모양으로 도망치고 있었다.

마침내 프레드릭이 봤을 때 오른쪽, 원의 각도로 봤을 때 300도 정도까지 구멍 주위를 돌았을 때, 그리즐리에게 따라잡히기 직전이 된 비디아가 재빨리 울타리 위로 기어 올라갔다.

파이프 같은 울타리 위에 재주도 좋게 올라섰고, 그리고는.

"아무리 그래도, 눈이라면 영향이 있겠지!"

타앙! 몸을 돌리면서 한 발, 사격.

그 탄환은 그리즐리의 눈에 명중했다.

순간, 크엉! 하는 짐승이 울부짖는 소리가 들리고, 그리즐리의 돌진이 마치 성대하게 앞으로 고꾸라지는 것처럼 틀어졌다. 하지만 완전히 속도가 붙은 거구는 바로 멈추지 못한다.

그 틀어진 돌진이 그대로, 비디아를 덮치는 것이 아닌가 싶었던 그 때.

"여기서! 점프!"

비디아는 큰 구멍을 향해, 자기 몸을 날렸다.

지금 막 충돌하려는 그리즐리를 데리고.

—?! 이 바보가!

의도는 알겠다. 그리즐리를 이 구멍에 빠트리려는 것이다.

하지만, 그러면 비디아도 같이 빠진다.

비디아는 아직 구멍 가장자리에 매달려 있는 프레드릭을 향해 뛰었지만, 거리가 5미터 이상 떨어져 있으니 도저히 닿을 리가⋯⋯.

"프레드릭! 손!"

비디아가 이쪽으로 손을 뻗으며 떨어지기 시작했다.

하지만 두 사람이 손을 뻗으면, 원래는 닿지 않을 이 거리도 좁혀진다.

"젠, 자아아아아아아아앙!"

닿을 것이다. 프레드릭이 재빨리 들어 올린 오른손으로 울타리 기둥 부분을 움켜쥐고, 구멍의 벽에 발을 대고 버텼다. 그리고 비디아 쪽을 향해, 왼손을 뻗었다.

"잡아아아아아아아아아아!"

그리고, 간신히 연결된 두 손.

비디아의 체중이 단숨에 프레드릭의 몸에 걸린다.

아직 몸의 대미지가 남아 있고, 조금 전에 그리즐리한테 맞은 배의 상처도 욱신거렸지만, 그래도 이 손을 놓을 수는 없었다.

두근!

심장이 뛰고, 또다시 목이 뜨거워진다.

생각해보면 이런 일이 일어날 때마다 상처가 낫고, 기억이 떠오르고, 이상한 힘을 발휘하는 등, 프레드릭은 인간이 아니게 되는 것 같다고 생각했지만.

지금 이 순간만은, 그것이 다행이라고 생각됐다.

"으어어어어어어어어!"

몸에, 힘이 돌아온다.

여성 한 사람의 체중 정도, 지금의 프레드릭이라면 간단히 지탱할 수 있다.

중력과 관성에 의해 떨어지려던 비디아의 몸이, 잡고 있는 프레드릭의 손을 중심으로 추처럼 흔들렸다.

하지만, 괜찮다. 문제없이 지탱할 수 있다.

그렇게, 생각한 직후.

아래쪽에서 격렬한 충돌음이 울렸다.

비디아와 함께 구멍에 떨어진 그리즐리. 그 거구의 상반신이 뛰어든 부분 반대쪽 벽에 박혀 있었고, 그것이 돌진의 충격이 얼마나 엄청났는지를 말해주고 있었다.

아직 살아 있는 건지 그리즐리의 하반신이 발버둥치는 모습이 보였지만, 그 위치는 프레드릭이 있는 곳보다 10미터는 아래쪽이다.

이 높이라면 기어 올라오는 건 불가능하겠지.

"간신히…… 살았네."

비디아가 프레드릭을 보며 미소 지었다.

"말도 안 되는 짓을 하고……."

"그래도 잘 됐잖아."

그것은 정말로, 지금 막 목숨을 건 도박을 했던 사람이라고 생각할 수 없는 표정. 비디아의 배짱이 얼마나 두둑한지를 말해주고 있었다.

"못 잡았으면 어쩌려고 그랬어."

"이래 봬도 조사원이거든. 몸은 잘 단련했어."

"그런 문제가, 아닌데……"

어쨌거나 이대로 매달려 있을 수도 없다.

프레드릭은 비디아의 몸을 쭉 끌어올려서 큰 구멍 가장자리에 상반신을 걸치게 해줬다. 그리고 비디아의 발바닥에 손을 대서 밀어 올려줬더니, 바로 구멍 위로 기어 올라갔다.

이어서 프레드릭도 구멍 밖으로 올라왔다.

그렇게 바닥에 내려선 뒤에, 프레드릭은 크게 한숨을 쉬었다.

이제 남은 건 사지 하나뿐.

"이거 정말 대단한데."

그 때, 깨진 캡슐 뒤에서 사지가 모습을 드러냈다.

"박수라도 치고 싶지만 그럴 수 없어서 아쉽군. 좋은 생각이었어, 비디아."

"그렇게 여유를 부려도 될까?"

비디아가 재빨리 권총을 겨눴다.

"슬슬 당신을 인질로 잡고 같이 탈출정에 타고 싶은데 말이야."

"흥, 그래봐야 나하고 같이 사살당할 뿐이야."

"동료가 있다는 거야? 그렇다면, 미안하지만 같이 터널을 따라 걸어가야겠네."

사지가 조금 전에 통신도 한 것을 보면 동료가 있다는 건 틀림없겠지. 애당초 누가 탈출정을 조종할지를 생각해보면 간단한 일이다.

하지만 비디아가 말한 대로, 탈출정을 쓸 수 없다고 해도 그 탈출정이 사용하는 터널을 따라가면 탈출할 수 있을 것 같았다.

"당신한테 이것저것 들을 얘기가 많으니까."

"그런다고 얌전히 불 리가 없겠지만."

그가 탈출정으로 도망치지 못하게 하고 잡아서 탈출할 수 있다면, 비디아가 정부 측에 군의 폭주에 대해 정확히 전할 수 있겠지.

그러니 여기서 사지를 죽이고 싶지는 않지만…….

"무엇보다 탄환이 다 떨어진 총을 겨눠봤자 위협을 느끼지도 않는다고."

사지가 그렇게 말했고, 비디아도 알고 있었는지 어깨를 으쓱거린 뒤에 총구를 내렸다.

―탄환 숫자를 세고 있었다는 건가?

이런 상황에서도 그런 짓을 할 수 있는 두 사람의 정신은, 프레드릭 같은 일반인은 도무지 이해할 수 없는 것이지만.

"하지만 둔기 정도는 있어. 그리고 프레드릭도 있고."

생각해보면 그 의도는 이해할 수 있다.

이쪽에는 완전히 괴물처럼 돼버린 프레드릭과 나름대로 훈련을 받은 비디아. 그게 비해 상대는 훈련을 받기는 했지만 한쪽 손목이 부러진 사지 혼자.

둘이서 덤빈다면 다시 붙잡아서 연행하는 것도 가능하겠지. 걱정되는 것은 정보 유출을 막기 위한 사지의 자해지만, 가운이라도 써서 재갈을 물리면 그것도 막을 수 있다.

즉, 상황은 이쪽이 압도적으로 유리하다.

"안심하기엔 아직 이르다고 생각하지 않나?"

"……무슨 뜻이야."

"그저 상처가 빨리 나을 뿐인 동물을 실험 병기라고 부르진 않으니까 말이지. 다시 말하면……."

사지가 부러진 오른쪽 손목의 팔찌를 보여줬다.

"이미, 체크 메이트라는 뜻이지."

거기에 정신이 팔린 짧은 순간.

프레드릭 바로 옆에서 낯선 소리가 들렸다.

뿌직, 하는 기분 나쁜 소리.

"……어?"

무슨 일이 일어났는지, 알 수가 없었다.

하지만 곤혹스러워하는 비디아의 가슴 중앙 부분에, 분명히 뭔가가 튀어나와 있었다.

그것은 위치적으로 심장을 꿰뚫은 것 같은 느낌이었고.

"크…… 커헉?!"

비디아가 피를 토하는 것과 동시에, 미끌하고는 그녀의 가슴을 꿰뚫은 뭔가가 빠져나갔다.

"…?! …비디아!"

프레드릭은 힘없이 쓰러지는 비디아의 몸을 부축했다.

─아, 틀렸다. 이건…….

치명상이라는 것을 바로 알 수 있었고, 프레드릭은 자기도
모르게 이를 갈았다.

"여기까지 쓸 필요는 없을 줄 알았는데…… 이해했으
려나?"

여유만만하게 입가를 일그러트리는 사지.

"사지! 무슨 짓을 한 거야!"

"뭐냐고? 보면 잘 알 텐데?"

그렇게 말하고, 사지가 프레드릭의 뒤쪽을 가리켰다.

지금 프레드릭 일행의 뒤쪽에는 큰 구멍밖에 없다.

하지만 구멍 속에서, 한 줄기….

촉수 같은 것이 이번에는 프레드릭을 향해 날아왔다.

"아…… 앗?!"

비디아를 안은 채, 재빨리 피했다.

그 직후, 마치 발소리처럼 연속으로, 콘크리트를 깨트리는
것 같은 소리가 울렸고…….

프레드릭의 눈에 비친 것은…….

"말도…… 안 돼……!"

천천히 올라오는 커다란 물체.

그리즐리가 구멍 위에 떠 있었다.

하지만 그것은 더 이상 평범한 그리즐리가 아니었다.

커다란 몸의 등을 뚫고 나온 것처럼, 여섯 개 정도의 촉수가 돋아 있었다.

게다가 그 촉수 하나하나가 마치 독립된 생물처럼 꿈틀거리고, 마치 로켓으로 사출되는 닻 같은 역할을 하면서 그리즐리의 커다란 몸을 구멍 밖으로 운반하고 있다.

"괴물……."

프레드릭이 아는 범위에서 그런 생물을 형용할 말은 하나밖에 없었다.

그리즐리의 몸이 그 촉수의 중심에 있기는 했지만, 아무리 생각해도 자연계에 존재하는 생물이 아니다.

실험 병기. 프레드릭의 그 말의 의미를 통감했을 때.

"크어어어어어어어어어어엉!"

네 발로 착지한 그리즐리가 울부짖었다.

동시에 등에 달린 촉수들이 채찍처럼 바람 가르는 소리를 내며 주위에 있는 단말과 캡슐들을 사정없이 후려쳤다.

"으억?!"

그것은 누군가를 노리는 게 아닌 무차별적인 공격인지, 조종하고 있다고 생각한 사지까지 몸을 옆으로 굴려 촉수의 공격을 피하고 있었다.

"역시 아직 제어가 불완전…… 가까이 가면 위험한가."

사지가 일어서서 에어록을 향해 달려갔다.

"설마, 저런 것까지, 가능했… 다니……."

품에 안은 비디아가 숨을 헐떡이며 말했다.

"비디아! 의식이 있으면 정신 똑바로 차려! 이런 상처가 다

뭐냐고!"

"하하…… 난, 당신이, 아니라서…… 죽는다고. 아쉽지만, 나도 알아."

"그렇게 금세 포기하지 마, 이 바보야!"

프레드릭은 정신없이 소리쳤다.

지금까지도 더스틴이나 다른 사람들의 죽음을 봐왔지만, 그것들은 거의 순식간에 벌어진 일이었다. 이렇게 눈앞에서 천천히 죽어가는 사람을 보는 것과는 크게 다르다.

설령 그것이 알게 된 지 몇 시간밖에 안 된 여자라고 해도. 함께 궁지를 헤쳐 나왔다는 연대감이 프레드릭의 가슴 속에 싹터 있었다.

"무모한 부탁… 이겠지만. 상처가 낫는 당신이라면, 아마도……."

눈의 초점도 점점 풀어져갔다.

"! 더 이상 말하지 마! 비디아!"

"기어… 세포는…… 평화적으로, 이용돼야 하니까. 무사히 탈출하면, 내 대신…… 군의 악몽을, 막아줄 거지?"

"알았어! 꼭 살아남아서, 막아낼게!"

그녀의 손을 잡고 약속했다.

하지만 마주 잡았다고 생각한 그 손에서 서서히 힘이 빠져 나갔다.

"……하하. 그래. 고마워."

눈앞에서, 지금, 사람이 죽었다.

그것이 이렇게까지 가슴을 조여 들다니. 지금까지 몰랐던 일이다.

"그럼…… 가줘."

비디아는 그렇게 말하고 천천히 눈을 감았다.

"프레드… 릭…… 당신이, 살아남으면……."

손이, 힘없이 떨어졌다.

징그러울 정도로, 알고 말았다.

너무 좋아진 청각은, 상황을 정확히 포착했다.

"희망은 아직…… 이어…… 져………………."

비디아의 호흡이, 심장 고동이, 완전히 정지했다.

……죽었다.

"비…… 디아?"

아무리 불러봤자 더 이상 대답은 없다.

이 현실은, 악몽은, 바꿀 수 없다.

그리고 자신은, 혼자.

하지만, 살기로 했다.

반드시 살아남기로 정했다.

그렇게 생각했으니…… 벌써, 몇 번째일까.

두근.

심장이, 거세게 뛴다.

"…큭! 크아아아아아아아아아아아아아악!"

가슴 속에서 솟아오르는 충동에 몸을 맡기고, 일어났다.

머리가, 가슴이, 무엇보다 목이, 뜨겁다.

뜨겁다, 뜨겁다, 뜨겁다, 뜨겁다!

너무 뜨거워서, 프레드릭은 자기 목을 미친 듯이 쥐어뜯

었다.

하지만 손톱에 긁힌 상처는 생기자마자 바로 아물어 버렸다.

그것은 아무리 생각해도 괴물 같은 일.

목을 쥐어뜯은 손을 보니 거기에는 딱딱하고 예리한 손톱이 자라 괴물처럼 변해 있었고. 팔 근육까지 이상하게 부풀어 올랐다.

눈에는 보이지 않지만 등 쪽에서 투두둑, 천 찢어지는 소리가 들린다.

—나…… 는.

분노의 불꽃에 타오르는 사고(思考).

그것은 마치, 자신이 아니게 되는 것 같은 감각.

인간으로서, 지금, 뚝, 뭔가가 끊어져버린 것 같았다.

—나는…… 괴물이다.

계속 부정해왔던 현실에 대한 자기 승인.

인정한 순간, 뭔가가 급격하게 변하기 시작했다. 그런 공허한 실감이 프레드릭을 지배한다.

이성이 날아가고, 몸도 마음도 거칠게 곤두서는 것이 느껴진다.

지금의 자신은 인간의 형상을 하고 있지만, 틀림없이, 외모까지 괴물이 돼버렸겠지.

"……커윽?!"

그 때, 갑자기 프레드릭의 몸이 날아가 버렸다."

그리고 고정 단말에 충돌했지만, 프레드릭은 천천히 일어섰다.

눈앞까지 다가온 그리즐리의 촉수가 프레드릭을 날려버린 것이다.

그것은 원래, 어쩌면 몸통이 절단될 정도의 충격이었는지도 모르지만.

"하하…… 아프잖아."

끝까지, 여유.

자신을 저것 같은 괴물이라고 인정해버린 지금의 프레드릭은, 인간으로서 느껴야 마땅할 아픔조차도 느껴지지 않았다.

하지만 마음속으로 정한 목표만은 분명하게, 불꽃처럼, 거칠게 타올랐고.

"방해하지 말라고. 난…… 살기로 결정했어."

결의를, 다시 한 번 입에 담았다.

어째서, 아스카는 날 쐈던 걸까.

어째서, 날 이런 괴물로 만들었을까.

어째서, 기어 세포의 군사무기화를 허락해버린 걸까.

살아서 확인하고 싶은 일들이 산더미처럼 많다. 그렇게 생각했기에, 아직 끝날 수 없다는 듯이 마음속에서 솟아오르는 무언가에 몸을 맡겼다.

그것은 적개심일까, 아니면 파괴 충동일까.

그 때, 시야가 노랗게 물든 것 같았다.

어쨌거나 이렇게 괴물이라는 사실을 자각한 자신이, 지금 살아남기 위해서 뭘 해야 할까.

─간단하지.

눈앞에 있는 괴물이 자신의 미래를 가로막는다고 한다면.

"각오는 돼 있나?"

지금까지 몇 번이나 괴물과 마주쳤는데, 그때마다 자신의 몸을 지키고 도망치려고만 했다. 하지만 사냥개와 올빼미, 악어를 겪으면서 자기도 모르게 알아차리고는 있었다. 하지만 그 사실을, 인간으로서 인정할 수 없었을 뿐.

사지를 쓰러트리고 포박해서 쓰러트리려고 했던 때처럼. 프레드릭은 더 이상 그 오감도, 힘도, 평범한 인간과 한참 먼 존재가 됐다.

눈앞에 있는 괴물과 마찬가지로, 상처까지 금새 나아버리는 훌륭한 괴물이 되어버렸다.

그렇다면 그 괴물로서 모든 것을, 상대를 쓰러트리는 데 쏟아 붓는다면?

있는 힘껏 싸우는 쪽을 선택한다면?

"……흐읍!"

콰직, 바닥을 쥐어서 찌그러트리고, 힘으로 뜯어냈다.

그렇다. 이런 짓이 가능하다.

무기는, 이렇게 간단히 만들 수 있다.

지금 목이 너무나 뜨겁다고 느끼고 있는 프레드릭은, 냉정한 사고는 사라지고 있지만 자신이 어느 정도의 괴물이 됐는지는 어느 정도 느끼고 있었다.

아마도, 지지 않는다. 근거는 없지만 그럴 자신이 있었다.

그래서 프레드릭은 바닥판을 손에 들고, 천천히 그리즐리를 향해 걸어갔다.

"……저리 비켜. 난 살아서 확인할 거야."

겁을 먹은 건지, 그리즐리가 으르렁거리는 소리를 내며 다가오는 프레드릭을 위협했다.

하지만 프레드릭은 '겨우 이 정도인가'라는 생각이 들었고, 너무나 거슬렸다.

"뭐야, 그 낯짝은?"

말투까지 거칠게 변해버렸다.

눈앞에 있는 적을 파괴하라는 것처럼, 충동이 몸을 움직인다.

"이제 와서 쫄지 말라고!"

프레드릭은 순식간에 바닥을 박차고, 그런 괴물의 머리를, 바닥판으로 있는 힘껏 때렸다.

과연 자신의 힘은 얼마나 인간에게서 동떨어진 것일까. 때린 순간, 손에 쥔 바닥판이 분쇄되고, 주위의 바닥이 크레이터처럼 가라앉았다.

압도적인 충격. 그래도 그리즐리는 건재. 아니, 견뎌냈다.

잠깐 신음소리를 냈지만, 지지 않겠다는 듯이 촉수를 휘둘러댔다. 그렇다면. 프레드릭은 고속으로 날아오는 촉수를 한 손으로 정확히 잡아채고,

"귀찮다고."

간단히, 뚝, 두 손으로 끊어버렸다.

"크어어어어어어어!"

통각이 이어진 건지, 그리즐리가 괴로워했다.

하지만 다음 순간, 그리즐리가 프레드릭을 향해 팔을 휘둘

렀다.

격렬한 충돌음이 울린다.

"…………그래서?"

그리즐리의 일격을 측두부에 맞았지만, 프레드릭은 멀쩡하게 서 있다.

꼼짝도 하지 않고, 방어 자세도 취하지 않은 채, 태연하게 그리즐리의 일격을 받아냈다.

"때리려면 좀 더 제대로 하라고. 이 자식아!!!"

그리고 한 걸음도 물러나지 않고 펼치는, 강렬한 반격의 일격.

절대적인 힘을 지닌 괴물의 진심을 담은 주먹이, 그리즐리의 배를 때렸다.

◆　　◆　　◆

"뭐야…… 무슨 일이 일어난 거야?!"

사지는 자기 눈앞에서 벌어지는 일을 보고 곤혹스런 표정을 감추지 못했다.

잠깐 눈을 뗀 사이에 프레드릭의 모습이 인간이 아닌 뭔가로 변모했다.

한 쌍의 작은 날개처럼 곤두선 앞머리와 황금색으로 빛나는 두 눈. 가운을 안에서부터 찢어버린 등과 팔, 노출된 피부까지 불꽃이 타오르는 것처럼 빛나고 있다. 그런 와중에 얼핏 보이는 것은 예리하고 길게 뻗은 손톱과 급격하게 부풀어 오른 근육. 그 실루엣은 더 이상 사람이라고 부르기 힘들 지경이었다.

"저 모습은, 대체……?"

마치 환상 속에서 전해지는 드래곤이, 인간의 모습으로 변한 것만 같았다.

떨어져 있어도 느껴지는 압도적인 공포감.

실제로 괴물로 변한 프레드릭은 그리즐리를 상대로 태연하게 주먹을 주고받고 있었다. 사람이 맞았으면 머리가 날아가 버렸을 그리즐리의 일격을 태연하게 머리로 받아내는 데서 끝나지 않고, 그리즐리의 거구가 'ㄱ'자 모양으로 꺾일 정도의 위력으로 되받아치고 있다.

자세를 바로잡은 그리즐리가 이번엔 온 몸으로 부딪혀오자, 프레드릭은 그 공격을 한 손으로 막아낸 뒤에 눈앞에 있는 머리를 주먹 측면으로 내리찍었다.

그 틈을 노린 것처럼 그리즐리의 등에 달린 촉수가 날아왔지만, 그것은 엄청난 속도로 반응한 프레드릭에게 간단히 붙잡혀서 허무하게 뜯겨져나갔다.

게다가 프레드릭이 찢어낸 촉수의 뿌리 쪽을 자기 쪽으로 끌어당기더니, 그리즐리의 얼굴에 주먹을 꽂아 넣었다.

똑같은 짓을 한 방, 두 방. 프레드릭과 그리즐리 사이에서 오가는 양쪽의 공격은 이미 오래전에 상식을 벗어난, 단순한 주먹질로 변해 있었다.

"군용…… 그것도 전투용으로 커스터마이즈한 실험 병기인데?"

총탄은 물론, 소규모라면 포탄에도 견디도록 설계했는데, 그런 그리즐리가 프레드릭에게 완전히 밀리고 있다. 치고받는 양쪽 모두 상처가 생기자마자 빠르게 재생하고 있지만, 옆에서 보기에 프레드릭 쪽이 재생 속도가 더 빨랐다.

그리즐리가 아직 쓰러지지는 않았지만, 그것도 시간문제일 것 같다.

"대체 뭐야, 저 자식은……."

사지는 너무나 이상한 광경에 전율하며 몇 걸음 뒤로 물러났다.

저게 끝나면, 결판이 나면, 다음은 자기 차례. 눈앞의 격렬한 싸움은 사지가 위험을 느끼기에 충분하고 남을 지경이었다.

하지만 불행 중 다행이라고 해야 할까. 프레드릭은 싸우는데 정신이 팔렸는지 사지의 존재에는 전혀 신경 쓰지 않고 있었다.

그렇다면 기회는 지금 뿐이라고, 사지는 재빨리 가까이에 있는 고정 단말 쪽으로 뛰어갔다.

단말을 켜서 패스워드를 입력하고, 바로 탈출정과 통신을 연결했다.

"탑승구를 열어줘! 탈출을 우선한다!"

『여기서도 보고 있다. 알았다. 잠깐만 기다려.』

그 대답을 듣고, 사지는 바로 벽에 박혀 있는 에어록을 향해 뛰어갔다.

사지를 제외한 전원이 탈출정에 타고 있는 지금, 이 두꺼운 에어록은 안쪽에서만 열 수 있다. 애당초 한쪽 손이 부러진 상황이다 보니 혼자 힘으로 저 두꺼운 문을 열 수도 없다.

"빨리 해! 빨리!"

사지는 문을 쾅쾅 두드렸다.

시간은 1분도 안 걸렸지만, 뒤쪽에서 격전이 벌어지고 있는 이 상황에서는 문이 열리기를 기다리는 시간이 너무나 길게 느껴졌다.

'드래곤, 인스톨⋯⋯.'

괴물로 변한 프레드릭. 그리고 맞아서 쓰러지려는 그리즐리. 그런 제6 특별 연구실의 모습을 비추는 모니터를 보며, 아스카는 남몰래 주먹을 쥐었다.

그리즐리 괴물도 놀라운 일이었지만, 그보다 지금은 기쁜 감정이 더 컸다.

'『배덕의 불꽃』⋯⋯『씨앗』이 완전히 싹을 틔웠다.'

저렇게 된 이상, 프레드릭은 절대로 죽지 않는다. 그는 그런 존재가 되었다고, 『씨앗』을 그에게 박아 넣은 아스카는 단정할 수 있었다.

하지만 진심으로 안심할 수는 없었다.

아직 최악의 시나리오를 회피할 가능성이 커졌을 뿐. 그것을 시작으로 여러 과정을 거친 후에 비로소 그가 바라는 미래에 도달할 수 있을 것이다.

"닥터, 재미 보는 중에 미안하지만 자리로 돌아가 줘. 탈출을 시작한다."

"……이제야 출발인가. 알았다."

그렇게 대답하고, 아스카는 자리에서 일어났다.

푸쉭, 탈출정 에어록 여닫히는 소리가 울렸다.

모니터를 보고 있던 아스카는 그렇게 될 거라고 알고 있었지만…….

"……말도 안 돼!"

막상 사지가 탈출정 안으로 들어오자 일단 눈을 감고 마음을 다잡았다.

미래에 대한 희망. 그 꼬리를 잡히지 않기 위해서라도. 그리고 이상한 오해를 사면 피험체인 아리아에게도 문제가 생긴다.

지금의 아스카는 광대 짓을 하는 수밖에 없었다.

"닥터, 저게 대체 어떻게 된 일이야?!"

예상대로 사지가 바로 아스카에게 따지고 들었다.

"네가 쏴 죽였던 저 남자가, 어째서 저렇게 된 거냐고!"

"글쎄, 어떻게냐고 물어도, 나야말로 놀란 상황이야. 설마 저 친구가 저렇게 되다니, 나도 예상치 못한 일이라고. 어느새 자기 몸에 기어 세포를 이식했던 건가…….”

"말도 안 돼. 저런 게 평범한 기어 세포의 결과일 리가 없어! 넌 저 놈한테 대체 어떤 특별한 기어 세포를 쑤셔 넣은 거야!"

"그는 기어 세포에 포함된 『발가헥타신』 연구 전문가다. 최근에는 세포의 변질 가속까지 실험했으니까, 뭔가 내가 모르는 강화 방법이라도 생각해냈을지도 모르지."

"그것도 연기인가? 사실을 말해!"

사지가 왼팔로 아스카의 멱살을 잡았다.

"진정하지 그래. 정말로 난 모른다고."

하지만 아스카는 끝까지 모르는 척 했다.

"그만해 사지, 너 답지 않아."

그 때, 감시역 사내가 사지의 팔에 손을 얹고 만류했다.

"저 놈의 데이터는 분명히 신경 쓰이지만, 가지고 가기엔 너무 위험해. 아쉽지만 여기서 파기한다. 자, 사지. 탈출정을 움직인다. 너도 자리에 앉아."

그 말을 듣고 사지도 조금 마음이 가라앉았는지, 얌전히 물러났다.

하지만 그 눈에는 아직도 아스카에 대한 의심이 가득 차 있었다.

"나중에 자세한 얘기를 들어보자고…… 하핫. 당장은 아쉬운 결과가 됐지만."

"……아쉽다고? 그게 무슨 뜻이지?"

"마지막에 가서 예상이 빗나갔잖아? 무슨 꿍꿍이인지는 모르겠지만, 파편더미 밑에 깔리면 저 놈이 아무리 괴물이라도 해도 살아남을 수 없다고."

"뭘 모르는군. 사지. 저 친구가 죽는 건 오히려 좋은 일이야. 자네한테 말 했을 텐데? 나한테 여러모로 귀찮은 존재라고."

탈출정의 엔진 소리, 날카로운 엔진 구동음이 울리기 시작했다.

이제 몇 분만 있으면 움직이겠지.

"그런가……. 끝까지 잡아떼겠다 이거지."

하지만 사지는 어째선지 좌석이 아니라 단말 앞에 가서 앉았다.

원래 비치고 있던 제6 특별 연구실에서는, 지금 막 프레드릭과 그리즐리간의 싸움에 결판이 났는데.

사지도 역시 군의 감시역이라고 해야 할까.

아스카가 생각지도 못한 형태로, 아픈 곳을 찔러왔다.

"그럼, 하다못해 내가 보는 앞에서 작별 인사를 해주겠나?"

'…………큭.'

순간, 아스카는 할 말을 일었다.

사지가 재빨리 영상 통신을 양쪽으로 연결하고, 뻔뻔한 얼굴로 아스카에게 자리를 양보했다.

'그런, 얘기인가…….'

한마디로 결백을 증명하라는 뜻이다.

아스카는 이대로 프레드릭에게 아무 말도 없이 헤어지고 싶었다.

물론 기회가 있다면 조금이나마, 그에게 사정을 말하고 싶었지만, 이렇게 감시가 달린 상태에서 허튼 짓을 하면 아스카의 생각, 미래의 희망이 전부 와해될 수밖에 없다.

그래서 아스카는 지금, 친한 친구에게 몇 가지 큰 거짓말을 해야만 한다.

'미안해, 프레드릭.'

속내를 완전히 감춘, 우스운 광대가 돼서.

'하지만 지금의 너라면, 틀림없이, 언젠가—'

아스카는 고뇌하면서도 각오를 다지고, 통신단말 앞에
섰다.

제6장 『배신』

대체 얼마나 때렸을까. 반동 때문에 주먹이 뭉개질 때마다 재생돼가면서, 대체 몇 번이나 때린 걸까. 프레드릭은 이미 정확한 숫자는 셀 수도 없었다.

하지만 눈앞에 있는 그리즐리의 목덜미를 움켜쥐고 무뚝뚝한 얼굴로 내던진 그 때. 적의 거구가 더 이상 움직이지 않게 된 것만은 확실했다.

"귀찮게 하기는……."

눈을 까뒤집고 혀를 축 늘어트린 그리즐리. 상처의 재생도 이미 멈춘 상태다. 한편, 프레드릭은 아직 온 몸에서 김 같은 것이 피어오르고 있었다.

프레드릭의 몸 안에서 소용돌이치는 충동은 격전을 마친 지금도 가라앉지 않았다.

몸도 마음도, 말투조차도 아직 거칠고 곤두서있는 상태.

"아앙? 사지 그 자식, 어디로 튄 거야."

그리즐리와 싸운 여파 때문에 대형 캡슐도 고정 단말도 전부 엉망진창. 지금 제6 특별 연구실의 시야는 탁 트여 있다.

하지만 주위를 둘러봐도 다음 목표…… 사지의 모습이 보이지 않았다.

—도망쳤나?

그 때, 벽 너머에서 엔진 구동음 같은 것이 울리기 시작했다.

눈앞에 보이는 벽의 에어록 문.

충동이 급격하게 가라앉기 시작하고, 사고가 다시 냉정해지기 시작했다.

—탈출…… 그래, 탈출정이다!

아마 사지도 그리로 도망쳤겠지. 그렇다면 아직 잡을 수 있을 것이다.

지금의 자신이라면 탑승구를 억지로 여는 정도는 일도 아니다. 그렇게 생각하고 에어록을 향해 뛰어갔지만…….

갑자기, 연구실 안이 확 밝아졌다.

무슨 일인가 싶어서 주위를 둘러보니, 벽 곳곳에 박혀 있는 스크린들이 전부 켜져 있었다

게다가, 그 화면에 비치는 것은…….

『안녕, 많이 변했는걸? 프레드릭.』

"……아스카?!"

낯익은 친구의 얼굴이었다.

그 뒤에는 사지가 서 있다. 한마디로 이 영상은 탈출정 내부와의 통신이겠지.

당연하다는 듯이 당당하게, 아스카 R. 크로이츠가 거기에 있다.

인질……은 아닌 것 같다. 이건 마치 협력자.

"너, 그런 데서 뭘 하는 거……?!"

말하려던 그 때, 프레드릭은 알아차리고 말았다.

영상의 배경. 두 사람 뒤에 있는 것은 냉동 수면 캡슐이다.

그 캡슐 정면의 작은 창 너머로…….

―?! 아리아!

연인의 얼굴이 보였다.

"아리아다…… 냉동 수면? 어떻게 된 거야, 아스카!"

불치병에 걸렸으면서도, 아리아는 냉동 수면을 고집스레 거부했다.

그런데 왜 이제 와서 냉동 수면 상태가 된 걸까.

만약 자신이 기억을 잃은 기간 동안에 아리아와 그런 중요한 이야기를 했을까, 아니면 그녀의 마음이 변했을까. 프레드릭의 불안이 급격하게 부풀어 올랐다

하지만 생각하면 할수록 죽지 않는 것이 사는 것이라고 말했던 그녀가, 남은 시간을 소중히 살아가겠다고 결심했던 그 아리아가 냉동 수면을 받아들였을 리가 없다는 생각이 들었다.

『모든 것은 『GEAR 프로젝트』의 미래를 위한 일이야.』

"미래라고? 알고는 있는 거냐! 군이 기어 세포를 군사무기로 전용하려 한다고?!"

『그래……. 하지만 연구의 진보를 위해서는 군에 협력하는 것도 어쩔 수 없는 일이지.』

"설마 너…… 인정한다는 거냐?"

『그렇다고 하면, 믿어줄 건가?』

"넌 이런 군사무기화를 피하고 싶어했잖아!"

그런데 이런 식으로 군의 개입을 인정하다니, 말도 안 된다.

적어도 프레드릭이 알고 있는 아스카는 틀림없이 그걸 막으려 했을 것이다. 실제로 그는 프레드릭에게 연구 내용 유출까지 부탁했다. 그런데도.

"사실을 말해 아스카! 사실은 너도!"

『옛날 얘기야, 프레드릭. 사람은 변한다고. 목적을 위해서는 어쩔 수 없는 경우도 있어.』

"마음이 변했다는 거냐!"

『마음대로 생각해. 네가 납득하건 말건, 나한테는 상관없는 일이니까.』

"상관없다고? 말도 안 돼! 아스카, 어째서! 왜 일이 이렇게 된 거야?! 전부 알아듣게 설명해봐!"

프레드릭의 최근 한 달 동안의 기억은 아직까지 거의 돌아오지 않은 상태. 그 때문에 모르는 것들이 너무나 많다. 물어볼 것들도 너무나 많다.

하지만 아스카는 프레드릭의 질문에 천천히 고개를 저었다.

『아쉽게도 네게는 알 권리가 없어.』

친구가 미소를 지었다. 믿을 수 없을 만큼 일그러진 얼굴로.

『그곳은 이제 곧 붕괴된다. 미안하지만 프레드릭 불사라는 남자는 오늘 여기서 죽어줘야겠어. 그것이 지금 내가 할 수 있는 최선의 선택이야.』

그런 표정을 짓는 사람이 아니었다.

그런 말을 하는 사람이 아니었다.

믿고 싶지 않다. 인정하고 싶지 않다.

잘 알고 있던 친구와는 전혀 다른 사람 같은 그 분위기에, 프레드릭은 자기도 모르게 벽을 때렸다.

"웃기지 말라고! 기어 세포의 군사무기화에 손을 대고, 아스카의 뜻까지 꺾어 냉동 수면을 시켜놓고, 대체 뭐가 최선이야!"

『그녀가 승낙한 일이야.』

"아리아가? 웃기지 마! 그 녀석이 납득할 리가 없어!

『그래서 네게 그녀를 맡길 수 없다는 거야. 앞으로는 내가 잘 돌봐줄게. 아리아는 내 연구의 미래에 협력적이고, 필요불가결한 인재니까. 하지만, 너하고는 여기서 작별이야.』

그렇게 말하고, 영상 속의 아스카가 일어났다.

『안녕히, 프레드릭.』

"기다려 아스카! 아직 얘기가······."

뚝. 프레드릭의 말이 끝나기도 전에 영상이 꺼져버렸다.

동시에, 탈출정의 것으로 추정되는 엔진 소리가 더 커졌다.

하지만 아스카와 아리아를 태운 탈출정은 아직 저기에 있을 것이다.

"젠장, 이런 얘기를 어떻게 납득하라고!"

프레드릭은 곧바로 에어록을 잡았다.

말 그대로 괴물 같은 힘으로, 두꺼운 문을 억지도 뜯어냈다.

그렇게 열린 길 너머에는 그토록 찾아다녔던 탈출용 터널이 있었다.

배의 독 같은 공간에 작은 잠수정 같은 타원형 탈출정이 떠 있고, 엔진 소리를 울리고 있다.

하지만 그 탈출정의 에어록 쪽으로 연결돼 있어야 할 철망으로 된 다리는 이미 탈출정에서 떨어져 있었다. 탈출정이 전진을 시작했기 때문이다.

"큭! 거기 서라고오오오오!"

다리 부분에서 전력 질주하고, 멀어져가는 탈출정을 향해 뛰었다.

다리를 박찬 순간, 찌그러지는 소리가 났다.

그런 괴물의 다리 힘 덕분인지, 프레드릭의 손이 아슬아슬하게 탈출정 측면에 닿았다.

"으어어어어어어어어어어!"

미끄러지려는 몸을 막기 위해 탈출정을 움켜쥐었더니, 괴물처럼 변한 발톱이 장갑을 도려내서 즉석 손잡이를 만들었다.

그렇게 해서 간신히 탈출정에 매달렸지만, 이 탈출정의 속도가 빨라지면 언제 떨어지게 될지 모른다.

아예 이 탈출정 위에 올라가서 더 확실하게 붙잡고 이대로 따라갈까. 아니면 에어록을 비틀어 열고 안으로 들어갈까.

그렇게 생각하고 탈출정 에어록 쪽으로 손을 뻗었을 때.

"어······?"

안쪽에서 에어록을 열었다.

아래로 열리는 두꺼운 문은, 열린 부분이 그대로 작은 발판이 됐다.

그 곳에 나타난 것은 왼손에 권총을 든 사지였다.

"이 괴물 자식! 떨어져!"

"크…… 억!"

몇 발, 연속으로 울리는 총소리.

그 중에 한 발이 옆구리에 맞았다.

프레드릭의 몸이 지금 얼마나 단단해진 건지, 탄두가 몸을 뚫지도 못하고 튕겨져 나갔지만, 충격은 그대로 전해지는 게 문제였다.

잡고 있는 오른손만은 놓지 않겠다고, 그쪽에 온 힘을 쏟았다.

그 때…….

"쳇. 이봐 닥터, 앉아 있으라고!"

사지가 탈출정 안을 향해서 말했다.

"그 손으로는 조준하기도 힘들 텐데. 내가 하지. 이리 줘봐."

"……뭐?"

"혐의는 풀어야지. 자네도 그게 좋겠지?"

귀에 익은 목소리를 듣고, 상대가 누구인지 바로 알았다.

조금 지나서 사지가 들어가고, 이번에는 아스카가 에어록 밖으로 나왔다.

하지만 그 손에는 사지가 들고 있던 권총을 쥐고 있었다.

"……! 아스카!"

"프레드릭…… 너무 끈질기면 미움을 산다고."

발판이 된 문 위에 서 있는 아스카의 가운이 바람에 펄럭였다.

"이 안에 네 자리는 없어."

아스카가 아쉽다는 듯이 한숨을 쉬고 프레드릭에게 총구를 겨눴다.

"이, 이봐 아스카…… 농담이지?"

아스카가 그런 짓을 할 리가 없다.

"거짓말이지? 이봐, 아스카! 거짓말이라고 해줘!"

잘 말해보면 다시 친구로서, 아리아와 셋이서, 이젠 그립기까지 한 그 날들로 돌아갈 수 있다. 그렇게, 프레드릭은 아직도 마음속 한 구석에서 기대하고 있었다.

오랜 세월을 함께 지냈던 만큼, 아무리 거절하는 말을 해도 그것은 아스카의 진심이 아닐 거라고, 뭔가 사정이 있을 거라고 믿었다.

그런데…….

"크억?!"

대답 대신 돌아온 현실은 무자비한 발포. 예고 없이 날아온 탄환이 프레드릭의 이마에 명중했다.

이마까지 금속 같은 것으로 바뀐 것일까. 튕겨져 나간 총탄이 저 멀리로 사라졌지만.

아스카가, 친구가, 자신을 죽이려고 총을 쐈다. 그 사실이, 프레드릭의 마음을 너무나 무겁게 짓눌렀다.

"거짓말이 아니야 프레드릭. 이젠, 이러는 수밖에 없어."

또 한 번, 총소리. 이번에는 프레드릭의 가슴에 명중했다.

그것을 계기로 프레드릭의 입에서 말이 터져 나왔다.

"어째서냐, 아스카…… 왜 네가 이런 짓을 하는 거야! 왜 군사무기화에 가담하는 거지! 아리아를 데려가는 필요성은 뭐야! 왜…… 날 이렇게 만들었어! 언제부터 배신한 거냐!"

"배신, 이라. 그 말은 기꺼이 받아들이지. 그런 짓을 하고 있으니까. 하지만 내가 말 했잖아? 너한테는 알 권리가 없어. 아무것도, 가르쳐줄 수 없다고."

"큭. 난 계속, 널 믿고…… 친구라고, 생각했는데!"

"그렇게 생각한 건 자네 혼자뿐이었다는, 그런 뜻이야."

아스카의 총격이 더 거세졌다.

"프리드릭, 죽어줘. 미래를 위해서 죽는 거야. 지금 여기서, 넌 죽는 거야!"

"그만둬! 제발 그만둬 아스카!"

"죽어! 죽어! 떨어져! 떨어지라고 프레드릭!"

"아스카…… 아스카아! 정신 차려! 내가 알고 있는 너는!"

머리를 맞춰도 몸을 맞춰도 소용없다고 생각했는지, 아스카의 총격이 이번에는 프레드릭의 오른손 언저리에 집중되기 시작했다.

지금도 전진하고 있는 탈출정에 간신히 매달려 있는 상태다. 간신히 붙잡고 있는 부분에, 총탄의 충격이 더해지면…….

"……네가 알고 있는 내가, 내 모든 것이 아니야."

아스카가 권총을 두 손으로 고쳐 쥐고, 프레드릭의 오른손을 조준했다.

"난 앞으로도 연구를 계속 할 거야. 프레드릭, 네 죽음까지 발판으로 삼아서."

그리고…… 발포.

프레드릭의 오른손에 맞았고, 그 충격에 장갑에 박혀 있던 손톱이 빠졌다.

"이번에야말로, 작별이다."

둥실, 부유하는 느낌.

지탱할 곳을 잃은 프레드릭의 몸이 지면으로 떨어지기 시작했다.

그 순간에 탈출정의 속도가 빨라졌고, 탈출정과의 거리가 순식간에 벌어졌다.

멀어져가는 친구는 여전히 프레드릭을 보고 있지만, 눈을 가리는 머리카락 때문에 그 표정은 읽을 수가 없었다.

그리고 낙하. 프레드릭의 몸이 터널 바닥에서 튕겼다.

프레드릭은 곧바로 일어났지만 탈출정은 이미 저 멀리 사라져서 제대로 보이지도 않았다.

"대체…… 왜……."

프레드릭은 힘껏 바닥을 때렸다.

또 한 번, 또 한 번. 인정하기 힘든 현실에 저항하려는 것처럼, 바닥에 분노를 터트렸다.

뒤쪽에서 지금까지의 것과는 비교도 안 되는 폭발 소리가 울렸다.

그 충격에 터널 전체에 금이 가기 시작했다.

"대체 왜냐고! 아스카아아아아아아아아아아아아아아아!"

그리고, 프레드릭이 외친 순간.

터널 천장이, 굉음과 함께 무너졌다.

◆　◆　◆

황혼. 지평선 너머로 사라져가는 석양이 비추는 파편 더미.

교외 산간부에 위치한 차세대 의료연구소는 지하에서의 소동과는 정 반대로 겨우 몇 시간 전까지만 해도 아무 일도 없다는 듯이 그 곳에 있었지만, 광대한 지하 공간이 무너지면서 지금은 그 모습을 전혀 찾아볼 수가 없었다.

그런 파편 더미 한쪽에서 이변이 일어났다.

갑자기, 지면에서 이형의 손이 솟아난 것이다.

지하 깊은 곳에 있는 터널에 생매장됐지만, 그는 파편도 흙도 콘크리트까지, 주위의 모든 방해물들을 힘으로 제거하고는 자기 힘으로 지표까지 도달했다.

"생매장 당하고도 죽지 않는 것도 미칠 노릇이군……."

그는 천천히 파편 더미 한쪽에 앉더니 크게 한숨을 쉬었다.

그리고는 문득, 바로 옆에 있던 파편 중에 하나인 큰 유리 조각을 봤다.

유리조각에 비친 것은 그 자신은 처음 보는, 완전히 변해버린 자신의 전체 모습이었다.

다른 사람이 봤다면 분명 놀라서 도망쳤을 그 모습에, 프레드릭은 서서히 웃기 시작했다.

"하하…… 이거 완전히 괴물이잖아."

진정이 되기는 했지만, 그 몸에는 아직까지 강한 충동이 소용돌이치고 있는 걸까.

황금색으로 물든 눈동자에 살기를 띠고 저물어가는 석양을 가만히 지켜봤다.

"이렇게까지 해서라도 연구를 계속하겠단 말이지…… 정말 대단한 배신자야, 아스카 R. 크로이츠."

그리고 입에 담은 것은 친구에 대한 원망.

아스카가 어째서 프레드릭을 이런 괴물로 만든 것일까. 그 이유는, 당사자와 헤어지면서 완전히 오리무중. 더 이상 확인할 길이 없다.

하지만 지표까지 기어 올라오는 동안에 생각할 시간은 충분히 있었다…… 고 해야 할까.

"됐어. 그렇다면 바라는 대로 죽어주지."

붉은 하늘 저편을 보며, 프레드릭은 중얼거렸다.

"오늘부터 난 그 누구도 아니다. 그냥 한 마리 괴물이고, 너의……… 적이다."

그리고 프레드릭은 일어나서 오랫동안 근무했던 직장, 차세대 의료연구소였던 폐허를 둘러봤다.

온통 무너진 파편 더미. 다른 생존자는, 있을 리가 없겠지.

희미하게 들려오는 사이렌 소리는 이제야 사태를 파악한 구급대가 달려오는 소리일까. 숫자는 많지만 아직 멀리 떨어져 있다.

"나 같은 괴물이 모습을 들켰다간, 험한 꼴을 당하겠지……."

자조하듯 중얼거리고, 프레드릭은 천천히 걸음을 옮겼다.

그 사람이 아닌 존재의 등을, 저물어가는 석양이 허무하게 비췄다.

에필로그

작은 도시 교외에 있는, 누가 봐도 허름한 낡은 판잣집.

천장과 벽에 사용한 함석판은 여기저기 녹이 슬었고, 벌레 먹은 것 같은 구멍도 잔뜩 나 있다.

설마 거기에 사는 사람이 있으리라고는 생각하지도 않을 기분 나쁜 곳.

그 존재 자체만으로도 다른 사람들을 쫓아내는 것 같은 그런 작은 집 안에, 라디오에서 흘러 나오는 소리가 울리고 있었다.

『많은 희생자를 낸 차세대 의료연구소의 대규모 폭발 사고가 일어난 지도 오늘로 반년. 합중국 정부는 마침내 「GEAR 프로젝트」의 축소를 발표했습니다.』

『관계자 중에는 이것이 사실상 계획 동결이고 부조리한 일이라고 주장하는 분도 있습니다만…….』

방송 진행자의 말에 패널들이 반응했다.

『누가 한 말입니까? 사실은 군이 비밀리에 계획을 이어받았다는 소문도 있습니다만.』

『군 얘기는 헛소문이 아닐까요? 실제로 그 사고가 일어나기 전부터 기어 세포의 위험성이 우려되고 있었으니, 오히려 이 동결 조치도 늦은 결단이라고 봅니다.』

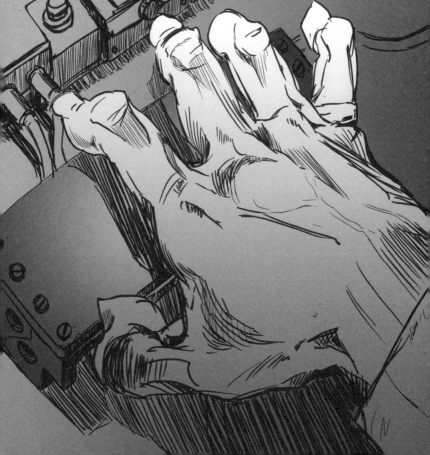

『뭐, 그 사고로 계획의 주요 연구자는 전부 사망했으니까요. 계획을 계속 진행할 수도 없게 됐다는 것이 실질적인 이유가 아닐까요.』

『솔직히 그게 정말 사고였을까요? 일부에서는 기어 세포를 악용하려던 측의 테러였다는 억측도 돌고 있습니다만.』

『저희가 모르는 곳에서 악용하기 위한 연구가 계속되고 있다는, 그런 말씀이십니까?』

『그렇다면 정말 무서운 일이군요. 물론 정부가 파악하지 못했을 리가 없을 테니, 그런 일은 없겠지만.』

그 때, 라디오 소리가 다른 날카로운 소리에 묻혔다.

그 소리는 삐- 하는 뭔가의 알람.

판잣집 중앙. 테이블 위에 엄청나게 쌓여 있는, 이 집에 어울리지 않는 기계들. 그 부품 중에 하나가 완성됐다는 것처럼 위로 올라왔다.

색도 입히지 않은 직사각형 헤드기어.

그것을 예리한 손톱을 길게 기른, 인간이 아닌 이형의 손이 집어 들었다.

찰칵찰칵 소리를 내며, 이형의 손이 헤드기어를 장착했다.

그 직후, 손의 모습이 변하기 시작했다.

손톱이 점점 짧아지면서 정상적인 사람의 손 모양이 됐다.

그리고 깨진 전신 거울 앞에 서서 모습을 비춘 것은, 한 남자. 머리카락은 이상하게 길지만, 그것은 틀림없이 인간이었다.

"기어 세포 억제…… 겨우 완성됐나."

코웃음을 친 남자가 천천히 벽 앞으로 갔다.

그 벽에는 커다란 지도가 붙어 있고, 곳곳에 압정과 사진으로 표시를 해뒀다. 하지만 그것들에는 전부 커다란 ×표시가 그려져 있었다.

"아스카…… 넌 지금 어디에 있지?"

지금은 그 이름을 버린 남자는, 사람의 모습을 되찾기는 했어도 반영구적인 생명 활동을 강요받는 존재가 됐다.

이후, 그는 현상금 사냥꾼으로서 인간 사회에서 살아가게 되지만, 약 50년 뒤를 계기로 역사의 무대에 모습을 드러내기 시작한다.

틀림없이 군사 이용을 목적으로 재개된 『GEAR 프로젝트』.
그 시설과 연구 성과를 차례로 파괴하는 정체불명의 『기어 사냥꾼』.

통칭, 배드가이라고 불리는…….

작가 후기

　먼저 이 책을 구입해주셔서 정말 감사합니다. 출판업계 한 구석에서 인사드립니다. 작가인 네기시 카즈야라고 합니다.

　많은 분들이 알고 계시겠지만, 이 책은 인기 대전 격투게임이며 독특한 세계관과 스토리도 크나큰 매력인 『GUILTY GEAR(길티 기어)』 시리즈의 노벨라이즈 작품입니다. 많은 과거의 비밀을 품고 있는 주인공 솔 배드가이가 어떻게 해서 프로토타입 『기어』가 됐는지. 어째서 프레드릭이라는 이름과 과학자가 솔 배드가이라는 현상금 사냥꾼이 됐는지. 그런 작중의 역사 연표 중에서도 가장 오래된 일에 해당되는 이번 이야기 『GUILTY GEAR BEGIN』. 재미있게 보셨는지요.

　현재 최신 게임 시리즈 『GUILTY GEAR Xrd REV2(이그저드 레브 투)』의 스토리 모드 속에서 솔의 과거인 프레드릭에 관한 장면이 일부 존재하고, 작중에서도 솔이 쫓는 인물이자 상당히 오랜 시간동안 비밀에 휩싸여 있던 『그 남자』이자 『기어 메이커』인 아스카 R. 크로이츠가 본격적으로 등장하기 시작했으니, 그쪽도 봐주시면 이 책을 보다 재미있게 읽으실 수 있을 겁니다.

　대전 격투 게임으로서의 완성도는 물론이고, 최신작의 스토리 모드는 정말로 「이거 완전히 영화잖아, 게다가 영화 세 편 분량은 되네……」라는 압도적인 볼륨이니, 꼭 한 번 보실 것을 권합니다.

게임 속에서도 볼 수 있는 역사 연표와 각종 설정에도 「그랬구나.」라든지 「이런 곳까지 만들었네.」라는 발견이 곳곳에 들어가 있어서, 보기만 해도 정말 재미있습니다. 이번에 이 책을 쓰게 되면서 각종 자료들을 엄청 진지하게 들여다본 제가 「이거 정말 대단하네!」라고 생각했으니 틀림없을 것입니다.

자, 사실 저는 시리즈 첫 작품을 플레이하던 때부터 팬이었고, 게임센터에 진출한 『GUILTY GEAR X(젝스)』 시리즈도 너무 좋아하고 너무 열심히 해서, 젊은 시절에는 전국대회에 몇 번이나 출전하고 도쿄에서 대회도 주최하고 실황 해설까지 하는 등, 청춘을 전부 바쳤다고 해도 과언이 아닌 인간입니다만, 초대 『GUILTY GEAR』 발매 때부터 계산해보면 올해, 2018년에 벌써 20년이나 됐습니다(대단해!). 뭐, 나이를 먹을 만 했네요.

게임 필자로서 『GUILTY GEAR』 시리즈 공략본을 쓰고, 아케이드 잡지에서 기사를 쓰던 때도 「여기까지 왔구나!」라고 생각했는데, 이 시리즈 20주년째에 제가 시리즈와 이어지는 이야기를 쓰는 날이 오게 되다니, 정말이지 「드디어 여기까지 왔구나!」라는 생각이고, 감개무량할 따름입니다.

게다가 소위 말하는 에피소드 제로니까요. 최신작 스토리를 보면서 언젠가 과거편 같은 것도 나오겠지, 라는 생각을 했는데, 설마 제가 쓰게 되다니. 세상 정말 모를 일입니다.

이대로 가다가 다음 시리즈 최신작쯤에서 예전에 자주 사용했던 캐릭터 테스타먼트가 플레이어블 캐릭터로 돌아오지 않으려나…… 같은 생각도 해봅니다. 지금도 예전 시리즈의 캐릭터 등이 계속 추가되고 있으니, 언젠가는 정말로 실현될 거라 기대하며, 기왕 이렇게 인연이 생겼으니 지금까지 그다지 사용하지 않았던 솔의 콤보 연습이라도 하면서 기다려볼까 합니다.

그럼, 여기서부터 감사인사입니다.

우선 누구보다도, 이번에 원안, 감수, 일러스트를 맡아주신 『GUILTY GEAR』 시리즈 총감독, 아크 시스템 웍스의 이시와타리 다이스케 님. 프로듀서 야마나카 타케시 님. 이런 기회를 주셔서 정말 정말, 진심으로 감사드립니다. 저 자신도 상당한 팬이라서 부담도 상당히 컸지만, 꿈을 하나 이루게 됐습니다.

담당 편집자 I 님, 적절한 지적은 물론이고 아이디어 제출 등에도 많은 도움을 주셨습니다. 정말 뭐라 감사를 드려야 할지 모르겠습니다. 교정 담당자 되시는 분도 많은 폐를 끼쳐서, 정말 큰절이라도 올리고 싶습니다.

그리고 이번 인연을 만들어주신 작가 코마오 마코 선생님. 이런저런 이유로 어디 말도 못 하는 와중에 제 이해하기 힘든 상담을 들어주시고 집필 작업 감시까지 맡아주신 스승 미즈키

쇼타로 선생님. 정말 감사합니다.

그리고 이 책의 출판에 관여하신 모든 분들께 이 자리를 빌어서 감사 인사를 드립니다.

마지막으로 이 책을 읽어주신 여러분, 그리고 『GUILTY GEAR』 시리즈를 사랑하고 그 인기를 유지해주신 모든 분들께도 최대급의 감사를 드립니다.

언젠가 이 장대한 『GUILTY GEAR』 시리즈가 완결을 맞이하는 그 날까지 같이 달려가도록 하겠습니다!

네기시 카즈야

길티기어 비긴

초판 1쇄 발행   2019년 6월 15일

저자 네기시 카즈야

발행인 원종우
발행처 (주)이미지프레임

주소 (13814) 경기도 과천시 뒷골1로 6, 3층
영업부 02-3667-2653   **편집부** 02-3667-2654   **팩스** 02-3667-2655
메일 edit01@imageframe.kr   **웹** vnovel.co.kr

ISBN 979-11-6085-939-3 04830

 +002

글 : 아키타 요시노부 / 그림 : 쿠사카 유야 / 번역 : 곽형준
가격 : 11,000원

글 : 덕 우 / 그림 : 곰곰E
가격 : 9,000원